Buffy – Im Bann der Dämonen

DIE WILLOW-AKTEN

BUCH 2

Yvonne Navarro

Buffy
Im Bann der Dämonen

Die Willow-Akten

Buch 2

Aus dem Amerikanischen
von Barbara Förster

vgs

Die Deutsche Bibliothek – CIP-Einheitsaufnahme

Buffy, im Bann der Dämonen. – Köln : vgs
Die Willow-Akten / Yvonne Navarro.
Aus dem Amerikan. von Barbara Förster
Buch 2.. – 1. Aufl.. – 2001
ISBN 3-8025-2853-0

Das Buch »Buffy – Im Bann der Dämonen. Die Willow-Akten. Buch 2.«
entstand nach der gleichnamigen Fernsehserie
(Orig.: *Buffy, The Vampire Slayer*) von Joss Whedon,
ausgestrahlt bei ProSieben.

Erstveröffentlichung bei Pocket Books, New York 2001.
Titel der amerikanischen Originalausgabe: *Buffy, The Vampire Slayer. The WillowFiles, vol. 2.*

1. Auflage 2001
© der deutschsprachigen Ausgabe:
Egmont vgs verlagsgesellschaft mbH
Alle Rechte vorbehalten.
Lektorat: Ilke Vehling
Produktion: Wolfgang Arntz
Umschlaggestaltung: Sens, Köln
Titelfoto: © Twentieth Century Fox Film Corporation 2001
Satz: Kalle Giese, Overath
Druck: Clausen & Bosse, Leck
Printed in Germany
ISBN 3-8025-2853-0

Dieses Buch ist für
Robyn Fielder,
meine jüngere Schwester und Erlöserin

Danksagung

Mein Dank gilt Christopher Golden, Micol Ostow, Lisa Clancy, Sephera Giron, Robyn Fielder, Don VanderSluis – und wie immer meinem Dad, Marty Chochran, der mir stets großzügig Unterkunft, Essen und den kostenlosen Gebrauch seines Telefons gewährt.

TAGEBUCHEINTRAG:

Okay, ich hab's also doch nicht geschafft, mein Computer-Tagebuch auf den neuesten Stand zu bringen.

Wir hatten aber auch viel zu viel um die Ohren. In so einer verrückten Stadt wie Sunnydale geht schnell alles drunter und drüber. Ich mache keine Witze!

Wir haben jetzt zwei Jägerinnen – die Neue heißt Faith und ist … eines Abends plötzlich im *Bronze* aufgetaucht und begann damit, die anwesenden Vampire zu verdreschen. Sie ist ziemlich wild, und, na ja, sie hält sich nicht gern an Befehle. Giles rastet völlig aus, weil er mit seiner ständigen Autoritäts-Platte bei ihr nicht landen kann. Und was Buffy angeht … sie hat sich sehr verändert! Die Zeit, die sie im letzten Sommer weg war, hat in ihrem Kopf und in ihrem Herzen Spuren hinterlassen. Aber auch von Faith ist sie beeinflusst worden. Ich kann es nicht genau erklären, aber mir scheint, dass Buffy einerseits Faiths Aktionen missbilligt, sich andererseits aber dadurch angespornt fühlt … als müsse sie sich ständig unter Beweis stellen.

Aber auch zwei Jägerinnen können den Einfluss des Höllenschlundes nicht verhindern. Kurz nachdem Faith zu uns gekommen war, verlor dieser Typ namens Scott, der eine Zeit lang hinter Buffy her war, einige seiner Freunde. Pete und Debbie standen im Bann des Bösen. Pete, der Debbie unbedingt beeindrucken wollte, konnte am Ende nicht mehr zwischen Richtig und Falsch unterscheiden. Deshalb hat er sich selbst und Debbie in den Tod getrieben.

Auch diese Scott-könnte-Buffys-Boyfriend-werden-Geschichte ging fürchterlich daneben, als Angel wieder aus der Hölle zurückkam. Übrigens hätte ich zur gleichen Zeit beinahe Oz verloren. (Daran waren nicht die Vampire schuld oder dieser fiese Werwolfjäger Gib Cain.)

Ich habe viel über mich nachgedacht. Manchmal bin ich so abhängig und berechenbar, als hätte ich kein Selbstbewusstsein. Und ich dachte immer, klug genug zu sein, um die Dinge in den Griff zu bekommen. Doch auch die Klügsten unter uns drehen mal durch und verwandeln alles in ein Riesenchaos, ohne zu wissen, was sie da gerade tun … Es ist wie der total verrückte Drang, den großen roten Knopf mit der Aufschrift *Bitte nicht berühren!* zu drücken, der in der Regel die Bombe aktiviert und alles in die Luft sprengt.

Da war zum Beispiel dieses Gefühl, das ich Xander entgegenbrachte … und, wie sich schließlich herausstellte, das von ihm erwidert wurde. Nie haben wir darüber gesprochen … bis zum Ball der Herbstkönigin …

Okay, wir haben uns geküsst. Und um alles noch schlimmer zu machen, mussten wir uns von da an bei jeder Gelegenheit küssen. Ich weiß nicht mal genau, warum oder wie es passierte, aber wir hatten jetzt so eine Art … Beziehung. Doch in Wirklichkeit war es eher was Verrücktes, das sowieso Jahre zu spät kam. Ich versuchte, einen Zaubertrank zu mixen, damit wir uns wieder beruhigten, aber ich kriegte die Zutaten nicht rechtzeitig zusammen – meine Fähigkeiten als Hexe sind eben doch noch nicht voll ausgebildet. Kurz darauf erfuhren Cordelia und Oz von Xander und mir … auf eine wirklich üble Weise!

Als Xander und ich glaubten, wir wären allein, beobachteten sie uns.

Es war total schlimm – Cordelia flippte aus und wollte abhauen, aber sie stand auf dieser wackeligen, baufälligen Treppe, und die brach plötzlich unter ihr zusammen! Sie stürzte ab und wurde von so einem Metallteil, das aus dem Boden ragte, durchbohrt. Wir alle glaubten, dass sie tot wäre. Doch dann stellte sich heraus, dass ihr nichts wirklich Schlimmes geschehen war. Aber der arme Xander – selbst als sie im

Krankenhaus lag, wollte sie nichts mit ihm zu tun haben, und jetzt, da sie wieder draußen ist, wird sie ihm auf keinen Fall verzeihen. Ich hingegen hab echt Glück gehabt: Es dauerte zwar einige Zeit, doch dann hat Oz sich entschlossen uns – ihm und mir – eine zweite Chance zu geben.

Es macht mich ein wenig traurig, Xander so leiden zu sehen, besonders, weil vieles davon meine Schuld war. Diese Schuld zu teilen, ist das Mindeste, was ich für ihn tun kann. Was Cordelia angeht ... sie kann ja wirklich eine richtige Giftspritze sein, aber ich glaube, es hätte ihr doch geholfen, wenn ihre alten Freundinnen zu ihr gestanden hätten ... nun ja, vielleicht darf man von solchen Leuten eben nicht zu viel erwarten. Denn sie haben ihr nach der Geschichte mit Xander die Gefolgschaft gekündigt und es wahrscheinlich von Herzen genossen, dass sie jetzt mal über Cordelia herziehen konnten. Es ist ganz schön über sie gestänkert worden.

Viele Leute – also die Erwachsenen – behaupten: *Früher oder später bekommt alles auf Erden seine gerechte Strafe.* Das mag wie völliger Quatsch klingen, trifft aber auf viele Dinge zu – wie zum Beispiel auf Zombies, Vampire, Dämonen und eine ganze Menge anderer unheimlicher Kreaturen, bei deren Erwähnung die Erwachsenen nur die Augen verdrehen. Was also, wenn dieses Sprichwort stimmt? Denn ... also, nach dem, was ich Oz angetan habe, fürchte ich mich vor der göttlichen Rache – auch wenn Oz mir verziehen hat. Wie traurig, dass wir oft das Wesentliche selbst dann nicht erkennen, wenn es direkt vor unseren Augen liegt ... und uns lediglich ein Mensch den Blick vernebelt ...

Akte:
Hänsel und Gretel

Prolog

In jeder anderen Stadt wäre es ein angenehmer Mondscheinspaziergang gewesen. Eine sanfte, kühle Brise wehte über die Bäume, der Geruch frisch gemähten Grases hing in der Luft, die Straßenlaternen tauchten die Umgebung in ein mildes, einladendes Licht, und die Käfer summten fröhlich – oder was auch immer Käfer an einem kühlen, schönen Frühlingsabend zu tun pflegen.

Aber dies war Sunnydale.

Bääh, dachte Buffy Summers, als ihr Blick auf ein dichtes, mit der Heckensäge gestutztes Gebüsch fiel, das nur einen Meter vom Weg entfernt stand. Es bildete einen dekorativen Halbkreis, aber die schwer belaubten Zweige schwenkten nun schon zum zweiten Mal zur Seite ... Diese Bewegung hatte nichts mit dem Wind zu tun, sie war derart unnatürlich, dass in Buffys Kopf ein Warnsignal ertönte. War das einer der Blutsauger? Oder ein Dämon? Sie zog einen Pflock aus der Tasche und ging vorsichtig auf das Gebüsch zu. Einen Meter davor blieb sie stehen. Da sie nicht genau wusste, mit wem oder was sie es zu tun hatte, war es sicherer, dieses Ding auf sich zukommen zu lassen –

»Ist da ein Vampir?«

Buffy fuhr auf, packte den Pflock fester und sah ihre Mutter, die sich von der anderen Seite genähert hatte. Lächelnd hielt Joyce Summers eine braune Papiertüte und eine Thermosflasche hoch.

Buffy klappte der Mund auf. »Mom? Was machst du denn hier?«

Einladend hielt Joyce ihr das Lunchpaket hin. »Ich habe dir einen Snack besorgt. Ich fand, ich sollte mir allmählich mal ansehen, wie du auf die Jagd gehst.«

Sie wollte dabei zuschauen? »Mom, diese Jagd, das ist … eher was, was ich alleine mache.« Buffys Blick fiel wieder auf das Gebüsch, dessen Zweige erneut auf seltsame Art zitterten. Sie schob sich an Joyce vorbei und umrundete den Busch. Dann merkte sie, dass Joyce ihr folgte.

»Aber das ist doch ein so wichtiger Teil deines Lebens«, betonte ihre Mutter. »Und ich möchte es so gern verstehen. Ich könnte Anteil daran nehmen.«

Buffy blinzelte ungläubig. Die Jagd als Familienangelegenheit – warum hatte sie nur das deutliche Gefühl, dass dieses Unternehmen zum Scheitern verurteilt war? »Es ist eigentlich furchtbar öde. Angriff, zielen, pflocken, puff! Da kann man nicht viel –«

Der Blutsauger, der aus dem Gebüsch sprang, trug Anzug und Krawatte, war gepflegt und hatte gesunde Zähne – ein richtiges Pferdegebiss. Buffy schubste ihre Mutter beiseite und stellte sich der Kreatur zum Kampf. Sie wehrte den ersten Haken des Vampirs ab, wirbelte herum und landete einen kräftigen Roundhouse-Kick.

»Toll, Honey! Mach ihn fertig! Töte ihn!«, feuerte Joyce ihre Tochter an.

Der Vampir torkelte rückwärts und fiel hin. Als sich Buffy wieder auf ihn werfen wollte, versetzte er ihr einen fürchterlichen Tritt in den Magen. Sie segelte wie ein rotierendes Rad über seinen Kopf hinweg und landete unsanft auf dem Rücken.

Die aufgeregte Stimme ihrer Mutter brachte sie ganz schnell wieder auf die Beine. »Buffy – er ist hier!«

Sie wollte ihrer Mutter schon einen vorwurfsvollen Blick zuwerfen – irgendwas wie »Ruhe, Mom!« hätte jetzt gut gepasst – aber sie hatte keine Zeit dafür. Wieder ging sie in Kampfhaltung, doch –

»O Gott, das ist ja Mr. Sanderson von der Bank!«

Die ungläubigen Worte ihrer Mutter drangen an ihr Ohr und lenkten sie ab. Buffy wurde unkonzentriert und konnte ihre Schläge nicht mehr richtig koordinieren. Sie musste sich doppelt so sehr anstrengen und außerdem noch ein paar harte Schläge einstecken. Doch schließlich schaffte sie es, den Blutsauger mit einem horizontal geführten Drehtritt von den Beinen zu fegen. Endlich hatte sie die richtige Position und hob den Pflock.

»Bist du sicher, dass du ihn töten musst?«, erkundigte sich Joyce. »Er hat meinen Rentenplan entworfen.«

Aus dem Konzept gebracht, warf Buffy ihrer Mutter einen verzweifelten Blick zu. »Er ist nicht mehr Mr. Sanderson, Mom. Er –«

Der Vampir entwand sich ihrem Griff und war im nächsten Moment wieder auf den Beinen.

»– haut ab«, beendete Joyce den Satz.

Diesmal warf Buffy Joyce einen Blick zu, der äußerst vorwurfsvoll war. »Bleib, wo du bist!«, befahl sie barsch und sprintete dem vermeintlichen Bankangestellten hinterher. Sanderson hatte sich noch nicht in seiner neuen Haut eingelebt, deshalb waren seine Bewegungen ungelenk und tapsig. Buffy holte bereits auf. Sie zweifelte nicht daran, dass er in weniger als zwei Minuten zu Staub verpufft sein würde. Aber – sie hatte ihre Mutter dort hinten zurückgelassen, allein und schutzlos ... Sie musste ihre Arbeit so schnell wie möglich erledigen.

Gar nicht auszudenken, was für einen Unfug eine unbeaufsichtigte Mom an solch einem Ort anstellen konnte!

Joyce schaute ihrer Tochter nach, die den Vampir verfolgte. Dabei stellte sie fest, dass sie den armen verblichenen Mr. Sanderson ein wenig bedauerte. Nicht einmal seinen Vornamen hatte sie gekannt. Sie blickte sich um und musterte die Umgebung. Diese kleine Lichtung im Park gefiel ihr nicht. Sie war von zu vielen Büschen und Bäumen umgeben, war zu abgelegen, zu einsam. Die beginnende Nachtkühle ließ sie frösteln. Vielleicht, so dachte sie, sei es besser, ein Stück zu laufen und in Richtung Spielplatz zu gehen. Das Gelände dort bot den widerwärtigen Geschöpfen der Nacht weniger Möglichkeiten sich zu verstecken. Außerdem würde sie sich wohler fühlen, wenn sie von Schaukeln und Rutschen umgeben war.

Wie zur Bestätigung entdeckte Joyce in diesem Augenblick einen Spielzeuglaster, der ein paar Schritte vor ihr auf dem Boden lag. Ein zerbeultes kleines Ding, das auf die Seite gekippt war und sich unter den Schaukeln in einer der Pfützen befand, die der Regen gestern hinterlassen hatte. Irgendwo hinter sich, weit weg, hörte Joyce den Schrei ihrer Tochter, einen triumphierenden Ruf – *gut gemacht, Buffy!* Zufrieden stellte Joyce Lunchpaket und Thermosflasche auf eine Bank und ging zu dem kleinen Lastwagen. Als sie ihn aufgehoben hatte und sich wieder aufrichtete, glitt ein Lächeln über ihr Gesicht. Vielleicht würde ja morgen jemand kommen, um ihn zu –

Sie erstarrte.

Der Spielzeuglaster entglitt ihren Fingern und fiel in den Matsch zurück. Was sie sah, erfüllte sie mit Entsetzen.

»Oh ... Gott!«, wimmerte sie. Gegen ihren Willen bewegten sich ihre Füße vorwärts.

Auf dem Karussell lag ein kleiner Junge. Sein Gesicht war friedlich und heiter und fast so bleich wie sein goldblondes Haar. Ein Stück davon entfernt auf dem Boden erblickte Joyce das andere Kind, ein Mädchen, kleiner als der Junge, mit ausgebreiteten Armen und Beinen. Glänzende blonde Locken umrahmten die starren Gesichtszüge. Sie trug ein niedliches gestreiftes Blüschen.

Plötzlich fühlte Joyce, wie die Kälte der Nacht ihre Seele gefrieren ließ. Der Anblick dieser toten Kinder schockierte sie zutiefst. Die ausgestreckten Händchen der beiden schienen sie anzuflehen. In den nach oben weisenden Handflächen war ein dunkles, rätselhaftes Symbol erkennbar ...

1

Für gewöhnlich war der Weatherly Park, wenn Buffy und ihre Freunde auf Nachtstreife gingen, ein einsamer und stiller Ort. Perfekt für eine Bestie mit Appetit, um nach Opfern Ausschau zu halten – und perfekt für die Jägerin, um diese Bestie auf dem schnellsten Wege in die Hölle zu schicken. Nun aber war der Spielplatz voller Menschen, die alle mit jener mühsam zurückgehaltenen Energie herumrannten, die zum einen aus schierer Panik, zum anderen aus entsetzter Benommenheit bestand. Zwischen den Streifenwagen liefen Polizisten hin und her und sprachen unaufhörlich ihre Befehle in knisternde Funksprechanlagen. Schließlich wurde der Tatort mit einem Plastikband abgesperrt. Dann fotografierte der Polizeifotograf die schreckliche Szene aus allen möglichen Blickwinkeln.

Buffy konnte es einfach nicht glauben. Sie war an vieles gewöhnt, sogar daran, Kinder-Vampiren zu begegnen. Außerdem wusste sie, dass sie durch ihr Eingreifen nicht nur den Körper eines Vampirkindes aus einer dämonischen Falle befreite, sondern auch andere unschuldige Menschen vor einem ähnlichen Schicksal beschützte.

Doch das hier…

Der Junge mochte vielleicht acht Jahre alt sein, das Mädchen höchstens sechs. Es bestand kein Zweifel darüber, dass es Bruder und Schwester waren. Die Ähnlichkeit war so groß, dass man sie auch für Zwillinge hätte halten können. Das blonde Haar der beiden verwies auf eine skandinavische oder deutsche Abstammung. Doch das würde die Polizei später von den Eltern erfahren, wenn sie ihnen von dem schrecklichen Geschehen erzählen mussten. Buffy hoffte, dass die Eltern irgendwann einmal den grauenvollen Anblick der kleinen Körper mit der totenblassen Haut und den blau angelaufenen Lippen vergessen könnten.

Der Officer, mit dem sie gesprochen hatte, machte sich eine letzte Notiz. Dann nickte er ihr zu und ging davon. Buffy fröstelte. Sie schlang die Arme um ihren Oberkörper und trat zu ihrer Mutter. Joyce rührte sich nicht, als Buffy zu ihr kam, sie stand einfach nur da und starrte ins Leere. »Sie haben gesagt, wir können jetzt nach Hause gehen«, sagte Buffy leise.

Joyce antwortete nicht, dann schaute sie zu Buffy. »Es waren kleine Kinder«, sagte sie leise. »Hast du sie gesehen? So ... klein.«

»Ich habe sie gesehen.«

Joyce war zutiefst erschüttert. »Wer tut denn nur so etwas? Ich kann es einfach nicht –« Sie schluckte und kämpfte gegen die Tränen.

»Es tut mir so Leid, dass du das ansehen musstest«, sagte Buffy. Sie legte die Hand auf den Arm der Mutter. »Aber es kommt wieder in Ordnung.«

Joyce sah sie fassungslos an. »Wie?«

»Ich finde heraus, wer das hier getan hat«, erwiderte Buffy ohne zu zögern.

Doch es war deutlich zu sehen, dass Joyce keinen Trost empfand. »Natürlich. Aber du kannst es nicht ...« Sie hielt inne, atmete tief ein. »Du kannst es aber nicht wirklich wieder in Ordnung bringen.« Ihr Oberkörper bebte.

Buffy nahm ihre Mutter in den Arm. »Ist ja gut«, sagte sie so sanft wie möglich. »Ich kümmere mich um alles. Ich versprech's dir, Mom. Versuch bitte, dich zu beruhigen.«

»Sagen Sie mir nicht, ich soll mich beruhigen!«

Rupert Giles, der auf der Treppe in der Bibliothek über ihr stand, schrak zusammen und wäre fast gestolpert. »Ich meinte doch nur –«

»Es waren Kinder, Giles.« Buffy war so wütend, dass sie fühlte, wie ihre Hände sich zu Fäusten ballten. »Kleine Kinder. Sie wissen nicht, was für ein Gefühl das war, so etwas zu sehen. Meine Mom – sie kann immer noch nicht darüber sprechen.«

Buffys Wächter stand da und wartete. »Es tut mir Leid, Buffy. Ich will dir doch nur helfen.«

Buffy holte tief Luft, um ihre Schimpftirade fortzusetzen, doch dann erkannte sie, wie nutzlos das war. Sie schien in sich zusammenzusacken. »Ich weiß.«

Giles kam die letzten Stufen herunter. Buffy ging hinter ihm her. »Wissen wir denn irgendetwas darüber, wie es geschehen ist? Es waren nicht die Vampir –«

Buffy schüttelte den Kopf und schnitt damit den Rest seiner Frage ab. »Sie hatten keine Bissmale.« Sie wollte noch etwas sagen, während Giles seine Teetasse zu den Lippen hob, doch dann riss sie plötzlich die Augen weit auf. »Warten Sie mal – da war doch etwas. So eine Art Symbol.« Vor ihr auf dem Tisch lag ein sehr alt aussehendes Blatt Papier. Buffy schnappte sich einen Filzmarker und griff nach dem Bogen.

»Oohh –« Für einen, der eine Tasse Tee in der Hand balancierte, bewegte sich Giles außerordentlich schnell. Bevor die Spitze des Filzschreibers es berühren konnte, zog er das Blatt schnell unter ihrer Hand weg. »Ähm ... päpstliche Enzyklika aus dem zwölften Jahrhundert«, erklärte er, während er ihr als

Ersatz einen Notizblock hinhielt. »Nimm lieber das hier.«

Buffy hatte kaum hingehört, so sehr versuchte sie sich daran zu erinnern, was sie gesehen hatte. Sie wollte es richtig aufs Papier bringen. »Es war auf ihre Handflächen gemalt«, sagte sie, während sie zeichnete. »Die Cops haben nichts darüber an die Öffentlichkeit dringen lassen, aber ich habe es mir genau ansehen können.« Ein paar Sekunden später schob sie dem Bibliothekar den Notizblock hin und wies auf das Symbol: ein Dreieck, in der oberen Hälfte von einer horizontalen Linie durchschnitten, deren Enden sich nach unten schlängelten.

»Finden Sie das Wesen, das dieses Symbol benutzt – und den Rest erledige ich dann selbst.«

Giles studierte das Symbol. »Hmmmm.«

Buffy blickte ihn stirnrunzelnd an, weil er nicht weitersprach. »Hmmm was? Giles, nun sagen Sie schon, was los ist!«

»Wie? Oh, entschuldige bitte.« Der Wächter legte den Kopf schief und betrachtete die Zeichnung eingehend. »Es ist bloß ... ich frage mich, ob wir hier nach einem Wesen suchen müssen. Wenn ein Opfer solch ein Symbol trägt, dann weist das eher auf einen Ritualmord hin, auf Okkultismus. Eine Gruppe könnte dahinter stehen.«

Buffys Blick wurde finster. »Eine Gruppe ... von Menschen? Sie meinen – jemand, der eine Seele besitzt, kann so etwas tun?«

»Ich fürchte ja«, gab Giles zur Antwort. Er stand auf, ging zu einem der Bücherregale und betrachtete suchend die Titel.

Buffy saß einen Augenblick reglos da und brachte zunächst keinen Ton heraus. Die Vorstellung, dass Menschen einen Ritualmord begingen, ließ eine eisige Kälte in ihr aufkommen. »Okay«, sagte sie endlich und holte tief Luft. »Während Sie nach der Bedeutung dieses Symbols suchen, könnten Sie mir vielleicht sagen, ob es eine Ausnahme gibt für die Regel, die der Jägerin einen Menschenmord untersagt.«

Giles, der vor dem Bücherregal hockte, drehte sich um und schaute sie warnend an. Dann stand er auf und trat an ihre Seite. »Buffy, es ist ein furchtbares Verbrechen«, sagte er leise. »Du hast allen Grund, dich aufzuregen. Aber ich frage mich, ob du es nicht ein bisschen zu persönlich nimmst, weil deine Mutter mit dir an dem Ort war.«

»Natürlich nehme ich es persönlich, Giles. Finden Sie die Leute, die das getan haben. Bitte!«

Damit wandte sie sich ab und verließ die Bibliothek. Sie fühlte Giles' Blick in ihrem Rücken, bevor er sich wieder seinen geliebten Nachschlagewerken zuwandte.

Willow Rosenberg stand mit ihrer Freundin Amy in der überfüllten Cafeteria und suchte nach einem leeren Tisch. Ein paar Schritte entfernt stand Xander Harris, der, wie sie hörte, verzweifelt versuchte, ein Gespräch mit ihrem Boyfriend Oz anzuknüpfen.

»Also«, begann Xander mit wichtiger Miene: »Eine Burrito-Tortilla.«

Oz sah ihm zu, wie er diese mexikanische Köstlichkeit – oder zumindest das, was die Schulküche darunter verstand – auf sein Tablett lud. Er verzog keine Miene. »Ja, das ist eine Burrito«, stimmte er Xander zu.

»Verdammt richtig!«, meinte Xander.

Wie peinlich, dachte Willow, als Xander und Oz zur Kasse vorrückten. Früher oder später würde hoffentlich das Gefühl der Unsicherheit – hervorgerufen durch die Schuldgefühle, die Xander und sie empfanden – verschwinden, und alle könnten sich wieder normal verhalten ... Vielleicht aber auch nicht! Cordelia war in letzter Zeit Xander und den anderen gegenüber so frostig wie ein Eiszapfen. Für sie gab es ein paar Dinge, zu denen sie nicht zurückkehren konnte, und Xander gehörte offenbar dazu.

Aus dem Augenwinkel sah Willow, dass Xander und Oz einen Tisch ergattert hatten. Gemeinsam mit Amy steuerte sie auf die Jungs zu. »Hi, Oz«, mit einem Lächeln grüßte sie ihren Freund. Dann schaute sie Xander an und nickte. »Xander.«

Nun fielen die anderen mit ihren »Hi's« und »Hey's« ein. Xander sah Amy an. »Hey, Amy – dein neues Haar gefällt mir!« Sie hatte ihren blonden Bubikopf vor kurzem braun gefärbt.

Amy lächelte, während Oz Willow anschaute. »Ich hab dich heute noch gar nicht gesehen«, sagte er. »Wo hast du nur gesteckt?«

Willow öffnete den Mund zu einer Antwort, aber Xander kam ihr zuvor. »Nicht bei mir!«, betonte er. »Nein, Sir. Da können Sie jeden fragen.« Alle starrten ihn nur an, worauf er noch einmal bekräftigte: »Neeeiiiin.«

Ein verlegenes Schweigen entstand. Willow wünschte, ihr möge etwas Fröhliches und Witziges einfallen, um das Gespräch wieder in Gang zu bringen. Da beugte Oz sich vor und rettete sie.

»Nächste Woche ist Buffys Geburtstag«, wechselte er das Thema.

Xanders Seufzer der Erleichterung war deutlich zu hören.

»Oh ... jaaa. Genau!« Er grinste verschmitzt. »Ich denke schon die ganze Zeit über ein Geschenk nach –«

Willow riss die Augen auf, als die Person, über die sie gerade sprachen, hinter Xander auftauchte. »Schhhhhh!«

»Ach, hör doch auf!«, meckerte Xander. »Endlich haben wir was, worüber wir reden können.«

»Hi, Buffy!«, sagte Willow mit Betonung. Sie lächelte ihre Freundin an.

»Buffy!«, rief Xander aus. So überrascht er sein mochte, er konnte es doch verbergen. Er sprang vom Stuhl auf und bot ihn Buffy an. »Also, was gibt's Neues?« Er rückte sich einen anderen Stuhl vom Nachbartisch heran.

Buffy setzte sich. Ihre Miene war ernst. »Ihr habt es also noch nicht gehört?«

Xander legte die Stirn in Falten. »Was gehört?«

»Von den Morden«, erwiderte Buffy leise. Unter ihren Augen lagen Ringe. Willow fiel auf, dass sie kein Lunchtablett mitgebracht hatte. »Zwei kleine Kinder sind ermordet worden.«

»Oh, nein!«, stieß Willow hervor.

Ihre Freundin presste die Lippen zusammen. »Sie waren vielleicht um die sieben oder acht Jahre alt. Meine Mom hat die Leichen gestern Nacht auf unserer Streife gefunden.«

»Oh, mein Gott«, sagte Amy.

»Kinder?«, fragte Oz. Sogar er war fassungslos.

»Wieso war denn deine Mom dabei?«, erkundigte sich Xander verblüfft.

Buffy schüttelte den Kopf. Sie konnte es selber nicht so ganz glauben. »Weil sie sich die letzte Nacht ausgesucht hat, um mir zu beweisen, dass sie an dem, was ich tue, interessiert ist!«

Willow versuchte, das Gesagte zu verdauen. »Mein Gott ... deine Mom nimmt sich wirklich die Zeit dazu?« Als alle sie anstarrten, ohne etwas zu sagen, erkannte sie ihren Patzer.

»Das ist … äh, darum geht's ja eigentlich gar nicht, stimmt's?« Sie wurde rot.

Buffy stieß einen Seufzer aus. »Nein. Es geht darum, dass sie mit den Nerven völlig fertig ist.«

»Wer ist mit den Nerven völlig fertig?«

Als die Freunde sahen, dass Joyce Summers hinter Buffy stand, zuckten sie alle gleichzeitig zusammen – als hätten sie es gemeinsam einstudiert.

»Äh, na alle eben«, erklärte Buffy lahm. Sichtlich nervös stand sie vom Stuhl auf. »Wegen dem, was … geschehen ist, weißt du?«

Mrs. Summers nickte teilnahmslos. »Ach, es ist ja so schrecklich. Ich hab die ganze Nacht Albträume gehabt.«

Der verzweifelte Ausdruck auf den Zügen von Buffys Mutter veranlasste Willow, ihren Freunden warnende Blicke zuzuwerfen. »Hi, Mrs. Summers«, grüßte sie, in der Hoffnung, sie von ihren trüben Gedanken abzubringen. Auch die anderen murmelten nun einen Gruß.

»Hallo«, sagte Joyce ihrerseits, war aber nicht bei der Sache. Sie wandte sich an ihre Tochter. »Buffy, hast du schon Mr. Giles gefragt, wer das getan haben könnte?«

Buffy sah unbehaglich drein. »Ähm, jaaa. Er meint, es könnte etwas Rituelles sein … so was Okkultes. Er kramt immer noch in seinen Büchern. Wir sollten inzwischen verstärkt auf Streife gehen. Wir müssen die Augen offen halten, weißt du –«

»Etwas Okkultes?« Joyce war sichtlich entsetzt. »So etwas, das Hexen tun?«

Amy zuckte zusammen. Im gleichen Augenblick kam Willow die vorher getrunkene Milch wieder hoch. Sie fing an zu würgen und zu husten. Nach zwei Sekunden hatte sie sich wieder im Griff. »'tschuldigung«, brachte sie heraus. »Hab einen verschleimten Hals … kommt vom vielen Milchtrinken.«

Joyce schaute sie zerstreut an. »Ich weiß schon, dass ihr diese Sachen für cool haltet. Buffy hat mir erzählt, ihr beschäftigt euch mit –«

»Ganz genau«, stimmte Willow zu und versuchte, unbekümmert zu klingen. »Ich beschäftige mich sehr intensiv damit.«

»Aber ein Mensch, der so etwas tut, ist nicht cool«, fuhr Joyce fort. Mit jedem Wort wurden ihre Atemzüge kürzer. »Wer so etwas macht, ist ein Ungeheuer. Das –«

»Weißt du was?«, fiel Buffy ihr ins Wort. Sie legte der Mutter eine Hand auf den Arm und warf ihren Freunden gleichzeitig einen Blick zu. »Könntet ihr uns mal kurz entschuldigen?«

Willow und die anderen nickten, während Buffy ihre Mutter zum Ausgang der Cafeteria zog. Mrs. Summers blinzelte verwirrt, winkte dann allen zu. »War schön, euch gesehen zu haben«, sagte sie zerstreut und ließ sich dann von Buffy fortziehen.

Willow warf Amy einen bedeutungsvollen Blick zu. »Bin ich froh, dass meine Mutter nichts von meinen außerschulischen Aktivitäten weiß!« Sie verstummte, als Oz fragend eine Augenbraue hob. »Oder auch von meinen schulischen Aktivitäten«, gab sie trübsinnig zu. »Oder von meinen Aktivitäten überhaupt ...«

Buffy folgte ihrer Mutter in den Flur und hoffte, der Lärm der Menge würde verhindern, dass irgendjemand ihr Gespräch verfolgte. Bevor sie etwas sagen konnte – zum Beispiel darauf hinweisen, dass es nicht allzu wünschenswert sein konnte, in der Cafeteria über Morde und Monster zu sprechen – verlangsamte Joyce ihren Schritt und wandte sich ihrer Tochter zu. »Wollen deine Freunde dir etwa bei deinen Nachforschungen helfen?«

Buffy zögerte mit der Antwort, sie überlegte, wie sie es am besten in Worte fassen konnte. »Mom, ich glaube wirklich –« Sie sah sich um und fand, dass der Flur auch kein besserer Ort war als die Cafeteria. Viel zu viele lauschende Ohren. »Vielleicht ist das hier nicht der geeignete Ort, um darüber zu reden.«

Joyce hob die Augenbrauen, dann aber konnte sie die Verlegenheit ihrer Tochter nachempfinden. »Ist es dir peinlich, mit deiner Mutter hier zu stehen? Ich hab dich doch nicht einmal umarmt.«

Buffy versuchte es noch einmal. »Nein, es ist nur ... dieser Korridor bedeutet Schule.« Sie zuckte mit den Achseln. »Und du bedeutest Zuhause. Wenn du das durcheinander bringst, geht meine Welt in Stücke.«

»Ich verstehe schon. Du bist ohne Mutter voll ausgewachsen aus einem Riesenei geschlüpft.« Joyce brachte ein flüchtiges Lächeln zu Stande, das sofort wieder verschwand. »Es ist nur ... ich grübele ständig darüber nach, wer so etwas getan haben könnte. Ich will doch nur helfen.«

Nun, das konnte Buffy durchaus verstehen – die Erinnerung an diese beiden Kinder verfolgte auch sie. »Oh. Nun ja, Giles kann immer jemanden brauchen –«

»Ich habe alle meine Bekannten in der Stadt angerufen«, erklärte Joyce plötzlich ganz munter. »Ich habe ihnen von den toten Kindern erzählt. Sie sind alle so entsetzt wie ich.«

Für einen Augenblick war Buffy sprachlos. »Du hast ... alle angerufen, die du kennst?«

»Und die wiederum haben ihre Freunde angerufen«, erwiderte Joyce stolz. »Und weißt du, was dabei herausgekommen ist? Wir halten heute Abend eine Mahnwache am Rathaus – sogar der Bürgermeister ist dabei. Jetzt werden wir endlich etwas tun!«

Etwas tun? Oh je. »Ä-hem«, machte Buffy. »Das ist

ja … super. Äh, aber, weißt du was? Wenn wir mit so einer Geschichte zu tun haben, dann halten wir die Zahl der Leute, die darin verwickelt sind, möglichst … gering.«

»Oh«, sagte Joyce betreten. Offenbar war ihr dies nie in den Sinn gekommen. »Na schön. Ich glaube aber, so viele werden gar nicht kommen.«

2

Es mussten wohl über hundert Männer und Frauen sein.

Willow, die neben Buffy stand und die Menge betrachtete, wollte nicht glauben, dass dieser Massenauflauf nur auf Joyce Summers' Strategie zurückzuführen war: *Du rufst zwei Freundinnen an, und die sagen es zwei Freunden weiter, usw. usw.* In Sunnydale vermehrte sich alles ziemlich schnell – nicht nur die Vampire.

Die Menschenmenge füllte den weitläufigen Rundbau des Rathauses, alle sprachen in gedämpftem Ton über das schreckliche Verbrechen. Es roch nach abgebrannten Kerzen, die von den meisten der Anwesenden wie kleine Fackeln vor sich her getragen wurden. Diejenigen, die keine Kerzen dabei hatten, hielten Schilder hoch. Auf ihnen war ein vergrößertes Foto der ermordeten Kinder zu sehen, über dem in roten Lettern die Parole NIE WIEDER prangte. An den Wänden hinter dem Rednerpult hingen Poster der gleichen Art. Wohin Willow sich auch drehte, von allen Seiten starrten sie die traurigen Augen der kleinen Opfer an.

»Das ist echt spitze«, kommentierte Buffy, die neben Willow stand und die Menschenmenge kritisch beäugte. Aus ihrer Stimme klang Verachtung. Sie machte keine Anstalten, ihr Missfallen zu verbergen. »Vielleicht können wir später alle zusammen auf Streife gehen.«

»Immerhin gibt deine Mom sich Mühe«, sagte Willow.

»Meine Mutter hingegen –« Sie brach ab, als sich eine Frau aus der Menge löste und auf sie zukam. »– steht in diesem Augenblick genau vor mir.« Sie starrte die Frau ungläubig an. »Mom?«

Die Überraschung musste ansteckend sein, denn auch Mrs. Rosenberg guckte erstaunt, als sie ihre Tochter sah. Dann hoben sich ihre Mundwinkel zu einem erfreuten Lächeln.

»Willow! Ich ... ich wusste nicht, dass du auch herkommen würdest.« Sie warf einen kurzen Blick auf Buffy. »Oh, hi Buffy.«

»Hi«, grüßte Willows beste Freundin lächelnd zurück.

»Mom«, platzte Willow heraus, »was machst du denn hier?«

»Oh, nun ja, ich hab's in der Zeitung gelesen, und da dein Vater zurzeit nicht in der Stadt ist –« Sie hielt plötzlich inne, starrte wieder ihre Tochter an. »Willow, du hast dir die Haare schneiden lassen! Das ist ja mal ein neuer Look!«

Willow schob verlegen eine Haarsträhne hinters Ohr. »Ja, das war so ein plötzlicher Einfall von mir ... im August.«

Die Ironie entging ihrer Mutter. »Mir gefällt's.« In diesem Augenblick trat Buffys Mutter hinzu. »Hallo, Joyce.«

»Sheila!«, rief Joyce, viel zu enthusiastisch für Willows Geschmack. »Ich bin so froh, dass du kommen konntest.« Du rufst zwei Freundinnen an, die sagen es zwei Freunden und so weiter ...

»Da seid ihr ja«, sagte Giles, als er sich durch die Menge geschlängelt hatte. Er klang ein wenig atemlos. »Hätte euch in diesem Gedrängel fast nicht gefunden.« Er wollte gerade fortfahren, aber dann geriet er ins Stottern, als er Mrs. Summers bemerkte. Einen peinlichen Moment lang starrten die beiden sich an, dann rang Giles sich ein gequältes Lächeln ab. »Oh, äh, Mrs. ... Joyce.« Er räusperte sich. »Über mangelnde Beteiligung können Sie sich hier nun wirklich nicht beklagen.«

»Nun, ich hab das ja nicht allein auf die Beine gestellt«, antwortete Mrs. Summers ein bisschen zu fröhlich. »Aber danke sehr.« Sie starrte Giles an. »Nun«, nahm sie einen neuen Anlauf. »Es ist ... äh, schon eine ganze Weile her, seit wir uns ...«

»Genau«, beeilte sich Giles zu sagen. »Seit ... seit ...« Er blinzelte verwirrt. »Schon eine ganze Weile.«

Willow sah, wie ihre Mutter sich verschwörerisch vorbeugte. »Es geht ein Gerücht um, Mr. Giles.«

Und – seltsam genug – Giles erbleichte. Willow fragte sich, was zum Teufel da vorging. »Ein Gerücht? Über uns? Worüber denn?«

»Über Hexen«, antwortete Willows Mutter ernsthaft. »Menschen, die sich Hexen nennen, sind für dieses schreckliche Verbrechen verantwortlich.«

Giles stieß hörbar den Atem aus. »In der Tat? Wie sonderbar.«

»Ja«, stimmte Willow mit einem nervösen Auflachen zu. »Wie seltsam – Hexen!« Etwas verspätet wurde ihr bewusst, wie dünn und angstvoll ihre Stimme klang. Um davon abzulenken, versuchte sie, verächtlich zu schnauben.

»Nun, so seltsam ist das gar nicht«, schaltete sich Mrs. Rosenberg ein. Sie sah Joyce und Giles an und verschränkte die Finger. »Vor kurzem erst habe ich einen Artikel mitverfasst, der sich mit der wachsenden Faszination für Mystik unter Jugendlichen beschäftigt, und ich war geradezu erschrocken über die statistische –« Sie unterbrach sich, als sie eine Bewegung am Rednerpult wahrnahm. »Ach, fangen wir schon an?«

Alle Leute im überfüllten Rathaus verstummten plötzlich. Willow und die anderen drehten sich dem Pult zu, als die Stimme des Bürgermeisters zu hören war. »Ich begrüße Sie recht herzlich.«

Mrs. Summers neigte sich zu Buffy herüber. »Er tut etwas dagegen«, sagte sie zu ihrer Tochter. »Du wirst schon sehen.«

Bürgermeister Wilkins war dem Anlass entsprechend gekleidet: trister grauer Anzug nebst passender Krawatte. Er bemühte sich um einen traurigen Hundeblick und sprach mit gedämpfter Stimme. »Ich möchte Ihnen danken, dass Sie nach diesem tragischen Verbrechen hierher gekommen sind«, lauteten seine einleitenden Worte an die Menge. Sein Blick schweifte über die Menschen, aber Willow hätte schwören können, dass er diesen alten Guck-über-ihre-Köpfe-Trick anwandte. Oder war es der Stell-sie-dir-in-Unterwäsche-vor-Trick?

»Dass Sie sich alle hier versammelt haben, beweist wieder einmal, dass Sunnydale eine Gemeinde ist, in der man sich umeinander kümmert«, fuhr Wilkins fort. »Sicher, wir haben auch unseren Anteil Unglück abbekommen, aber wir sind eine gute Gemeinde, mit guten Menschen. Und ich weiß, dass keiner von uns ruhen wird, bis dieser schreckliche Mord aufgeklärt ist. In diesem Sinne –« Er griff unter das Pult und hielt eines der Schilder mit dem Foto der toten Kinder hoch. Seine Stimme bekam nun einen dramatischen Unterton, den Willow anmaßend fand. »Mit diesen Worten gebe ich Ihnen ein Versprechen«, verkündete Wilkins. »Nie wieder.«

Überall in der Menge wurde zustimmendes Murmeln laut, einige Übereifrige klatschten sogar Beifall. Wilkins hielt eine Hand hoch. »Nun bitte ich Sie um Aufmerksamkeit für die Frau, die uns heute Abend hier zusammengebracht hat: Joyce Summers.«

Der Bürgermeister trat höflich beiseite und geleitete dann Buffys Mutter zum Rednerpult hinauf. »Danke sehr«, sagte Joyce und wandte sich dem Publikum zu. Ungefähr drei Herzschläge lang – sodass Willow sich schon zu fragen begann, ob

Mrs. Summers mit Lampenfieber zu kämpfen hatte – gab sie keinen Laut von sich. Aber als sie endlich den Mund aufmachte, fuhr jeder einzelne ihrer Zuhörer erschrocken zusammen. »Herr Bürgermeister, Sie liegen völlig falsch.«

Oh-oh, dachte Willow und warf einen Blick auf Buffy. Die Freundin sah genauso überrascht aus wie Willow, Giles und alle anderen Leute im Saal.

Vom Rednerpult aus schallte Joyce Summers' Stimme klar und deutlich durch den Saal. Sie beugte sich nun zum Mikrofon vor. »Sunnydale ist keine gute Stadt. Wie viele von uns haben jemanden verloren, der einfach – einfach verschwand oder verstümmelt wurde oder *Genickbruch* erlitten hat? Und wie viele von uns hatten zu viel Angst, um darüber zu reden?« Sie fixierte die Leute mit ihrem Blick. »Ich wollte eigentlich jetzt eine Schweigeminute ankündigen, aber das Schweigen ist in dieser Stadt zu einer Krankheit geworden!«

Giles und die anderen wechselten beunruhigte Blicke. Buffy verschränkte in einer Geste unbewusster Selbstverteidigung die Arme vor der Brust. »Zu lange schon werden wir von den übernatürlichen Mächten des Bösen geplagt«, fuhr Joyce fort. Ihre Stimme gewann an Selbstvertrauen. »Dies ist nicht mehr unsere Stadt. Sie gehört jetzt den Ungeheuern und den Hexen – und den Jägern.«

Willow schnappte nach Luft und sah, wie Buffy die Augen weit aufriss – dann verdunkelte sich ihr Blick. Kein Wunder: Wie konnte ihre Mutter nur so etwas sagen? Wusste sie nicht, dass sie damit die Jägerin und das Böse in einen Topf warf?

Mrs. Summers hatte sich nun aufgerichtet. Ihre Stimme klang klar und bestimmt, ihre Hände ruhten auf den Seiten des Pultes. »Ich sage, es ist an der Zeit, dass wir, die Erwachsenen, wieder das Zepter in die Hand nehmen. Fangen wir damit an, dass wir die Schuldigen für dieses Verbrechen finden und dafür bezahlen lassen.«

Willow war bestürzt. Sie stand neben Buffy und Giles und starrte das Publikum an, das Joyce Summers' Ankündigung einer Vergeltungsmaßnahme mit frenetischem Beifall unterstützte. Sogar ihre eigene Mutter war darunter.

Einige Stunden später war die Nacht über Sunnydale hereingebrochen. Hier und da durchbrachen ein paar beleuchtete Fenster die tiefe Dunkelheit.

Die roten und die schwarzen Duftkerzen brannten bereits neben dem menschlichen Schädel mit dem aufgebohrten Loch in der Hirnschale. In dem Kessel kochte eine exakt abgemessene Mischung aus Kräutern und anderen, weniger bekannten Ingredienzen.

Ein Teenager namens Michael, der auf dem Boden saß, beugte sich vor und rückte etwas auf dem sorgfältig gestalteten Bodenaltar zurecht. Unter der schwarzen Kapuze war sein Gesicht blass wie der Mond, und seine mit Kajal umrandeten Augen lagen tief in den Höhlen. Seinen Mund hatte er schwarz angemalt.

Ein Stück entfernt stand Amy. Das kastanienbraune Haar umrahmte ihr hübsches Gesicht, das ebenfalls von einer schwarzen Kapuze verdeckt wurde. Schweigend beugte sie sich vor, schüttete ein Pulvergemisch aus ihrer Hand in das Loch des Schädels und hob ihn vom Boden hoch. Sie machte ein paar Schritte vorwärts und setzte sich. Damit war das imaginäre Dreieck, in dessen Mitte das gleiche Symbol zu sehen war, das man auch in den Handflächen der ermordeten Kinder gefunden hatte, vollendet. Die Dritte im Bunde saß an der Spitze des Dreiecks und fügte dem Zaubertrank noch ein wenig rotes und schwarzes Pulver hinzu. Nachdem die drei einen Augenblick schweigend verharrt hatten, beugte sie sich vor und zündete behutsam die Mixtur an. Alle sahen gebannt zu, wie schwere rote Rauchwolken um sie her aufstiegen und das vertraute Zimmer füllten – es war Willows Zimmer.

Da sie ihr leuchtend rotes Haar unter der schweren Kapuze verborgen hatte, war sie kaum zu erkennen.

3

Buffy hatte die Hälfte des Korridors passiert, als sie bereits ahnte, was gleich geschehen würde. Obwohl sie sich erst noch durch die Menge der Schüler zwängen musste, waren die Worte schon zu ihr durchgedrungen.

Sie kannte Michael noch nicht lange, fand jedoch, dass er ganz in Ordnung war – abgesehen von seinem Grufti-Kult, mit dem er alle möglichen bösen Kräfte anziehen konnte. Während er den Spind öffnete und im Spiegel sein Aussehen kontrollierte – Marke gequälte Seele – übersah er das Rudel Blödmänner, das direkt auf ihn zukam. Gerade noch rechtzeitig sprang er von der Tür zurück, die Roy, der Anführer der Clique, ihm vor der Nase zuschlug.

»Pass doch auf!«, schrie Michael.

Als Antwort packte Roy ihn am Kragen und drängte ihn gegen den Metallschrank. »Oh, entschuldige bitte«, höhnte er. »Hab ich dir deinen Eyeliner verschmiert? Wirst du mich jetzt verhexen?«

Jetzt kam Amy, die gerade etwas aus ihrem Spind genommen hatte, zu ihnen herüber. »Hey, hast du ein Problem?«

Roy warf ihr einen kurzen Blick zu, dann starrte er Michael aus nächster Nähe in die Augen. »Jeder weiß doch, dass dieser Typ auf den Voodoo-Hexen-Scheiß steht. Hab die Geschichte von diesen kleinen Kindern gehört – Leuten wie ihm sollte man 'ne Lektion erteilen.«

»Und was ist mit Leuten wie mir?«, wollte Amy wütend wissen.

Roy wandte sich ihr zu. »Wenn du mir auf den Wecker gehst, wirst du's schon rauskriegen!«

Schon hatte sich eine kleine Gruppe um die Kontrahenten versammelt. Buffy war froh, dass sie selbst nur wenige Meter entfernt gewesen war. Alles ging sehr schnell. Hätte Buffy eine weitere Entfernung zurücklegen müssen, wäre der arme Michael inzwischen zu Hackfleisch verarbeitet worden. So aber löste sich alles in Windeseile auf, als Buffy die Zuschauer beiseite schob und sich mit einem extra freundlichen Lächeln zwischen Roy und Amy aufbaute.

Trotz seines athletischen Körpers wurde Roy plötzlich ganz klein, als er Buffy erblickte. »Äh ... wir haben kein Problem hier.« Er lockerte den Griff seiner Fäuste, ließ Michaels Hemdkragen schließlich los und strich ihn glatt. Dann schaute er zu seinen Kumpels. »Wir gehen.«

Die drei sahen ihm nach. Buffy wandte sich an Michael und Amy. »Alles in Ordnung?«

»Jaa«, gab Michael zurück. Es klang verächtlich. »Uns geht's gut.«

»Danke dir, Buffy«, setzte Amy hinzu. Michael und sie gingen davon. Gut, dass sie zufällig zur Stelle gewesen war. Sogar Giles war durch den Lärm aufgeschreckt worden und aus der Bibliothek geeilt. Seine Miene zeigte nur allzu deutlich, dass er dringend mit ihr sprechen musste. Als Buffy zu ihm gehen wollte, hörte sie plötzlich Cordelias Stimme hinter sich. Giles war nicht der Einzige, der Anspruch auf ihre Zeit und Aufmerksamkeit erhob.

»Da muss die Jägerin aber hübsch fleißig sein, wenn sie diese beiden Kleinen behüten will!«

Buffy schaute sie kühl an. »Ich glaube kaum, dass sie noch einmal in Schwierigkeiten geraten.«

Cordelia sah sie mit ausdrucksloser, fast kalter Miene an. »Ich glaube schon. Jeder weiß doch, dass die Kinder von Hexen getötet wurden, und Amy ist nun mal eine Hexe. Und Michael ist ... na ja, wohl so eine Art männliche Hexe, und dazu noch ein richtiger Widerling!«

»Cordelia –«

Die Angesprochene presste ihre Bücher an sich. »Wenn du dich mit denen abgeben willst«, sagte sie eisig, »dann mach dich aufs Schlimmste gefasst. Glaub mir, ich weiß, wovon ich rede.« Sie drehte sich auf dem Absatz um, aber bevor sie fünf Schritte gemacht hatte, wandte sie sich noch einmal kurz um und zog eine Augenbraue hoch. »Schließlich hab ich ja mal mit euch rumgehangen!«

»Hab's kapiert«, erwiderte Buffy, aber da hatte Cordelia ihr bereits den Rücken zugedreht. »Ach, und übrigens«, rief sie dem Rücken nach, »waren die Täter keine Hexen.«

Da hörte Buffy ein leises Räuspern hinter sich. Es war Giles. Als sie sich ihm zuwandte, beugte er sich vor und sagte mit gedämpfter Stimme: »Ehrlich gesagt, könnten es doch Hexen getan haben. Meine Nachforschungen führen immer wieder zu den europäischen Wicca-Hexenzirkeln.«

»Haben Sie die Bedeutung des Symbols herausgefunden?«

»Ich bin mir ziemlich sicher.« Ungeachtet seiner Worte schien dem aber nicht so zu sein. »Ich brauche noch eine bestimmte Information, sie steht in einem Buch, das ich Willow ausgeliehen habe. Kannst du das Buch beschaffen?«

»Kein Problem«, erwiderte Buffy.

In der ersten freien Minute ging Buffy in den Pausenraum der Schüler. Xander lümmelte auf einer der Bänke herum.

»Buffy!«, rief er und sein Gesicht hellte sich auf. »Hi.«

»Hey«, grüßte Buffy zurück. »Ist Willow hier?«

Sofort setzte Xander eine finstere, abweisende Miene auf. »Wie kann ich die Leute nur davon überzeugen, dass es vorbei ist? Du nimmst an, wenn ich hier bin, muss sie auch hier sein – oder dass ich wissen muss, wo sie gerade steckt.«

Buffy musterte einen Tisch, auf dem ein paar Bücher und ein ihr vertrautes Notizbuch lagen. »Gehört das nicht ihr?«

»Jaa«, gestand Xander. »Sie ist grad auf dem Klo.«

Buffy sagte nichts darauf, sondern ging zu dem Tisch und sah die Bücher durch.

Xander, der ihr auf dem Fuß gefolgt war, steigerte sich allmählich in das Beleidigtsein hinein. »Aber die Tatsache, dass ich weiß, wo sie ist, ändert nichts daran, dass ich mich wirklich einmal beschweren muss«, beharrte er. »Schau mal, ich hab diese versteckten Andeutungen satt. Ein Mann ist doch unschuldig, bis seine Schuld bewiesen ist, stimmt's?«

Da, das zweitoberste, das war sicher das von Giles gewünschte Buch – das scheußliche Symbol auf dem Einband war ja kaum zu übersehen. »Du bist aber schuldig«, teilte Buffy Xander ohne zu zögern mit. »Du hast dir unerlaubte Berührungen erschlichen und musst jetzt dafür zahlen.«

»Aber ich spreche doch über eine zukünftige Schuld. Jeder erwartet, dass ich wieder alles vermassele. Oz zum Beispiel – ich sehe es doch an der Art, wie er mit mir umgeht. Du weißt schon – Blick wie Stahl, bedeutungsvolles Schweigen.«

»Normalerweise ist er ja auch so eine Klatschtante.« Buffy blätterte das Buch durch, aber sie fand kaum Bilder darin, nur Text – einen ziemlich schwierigen Text.

»Nein«, widersprach Xander. »Er hat sich verändert. Es ist, als könnte er ohne Worte reden. Seine Augen sprechen Bände.«

Buffy wollte ihm eben antworten, als ihr Blick wieder auf den Tisch und auf Willows aufgeschlagenes Notizbuch fiel.

Sie schaffte es gerade noch, sich ihren Schreck nicht anmerken zu lassen.

Dort, im Notizbuch ihrer besten Freundin, mitten auf der Seite, sah sie das Symbol – umrahmt von jeder Menge Notizen in Willows fein säuberlicher Handschrift.

Es war haargenau das gleiche Symbol wie das in den Handflächen der ermordeten Kinder.

Buffy stand immer noch wie erstarrt neben dem Bücherstapel, als Willow vom Klo kam. »Hey, Buff«, grüßte die. »Was suchst du – willst du dir eins meiner Bücher ausleihen?«

Buffy nahm Willows Notizbuch mit spitzen Fingern hoch, als koste es sie Überwindung, es anzufassen. »Was ist ... das?«

Hier stimmte etwas nicht – ganz entschieden nicht. Willow hörte es an Buffys Tonfall, sah es an ihren gespannten Schultern und dem Blick, der im Moment eher ein Blick der Jägerin als der einer Freundin war. Sie sah zuerst Buffy, dann das Notizbuch an. »Gekritzel. Du ... du kritzelst doch auch.«

Xander verschränkte die Arme und starrte Buffy an. »Du bringst mich nicht gerade dazu, dass ich mich besser fühle, weißt du?« Er klang völlig verzweifelt.

Willow wusste nicht, wovon er da redete. Buffy aber kümmerte sich gar nicht um Xander, sondern sah sie ernst an. »Das ist ein Hexensymbol.«

Verwirrt konnte Willow nur nicken. »Okay, ja. Das stimmt.«

»Willow!«

»Was?«

Buffy zeigte auf das Symbol. »Dieses Symbol war in den Handflächen der beiden ermordeten Kinder!«

Eine Weile starrte Willow sie nur an. Es war schwer zu verdauen, was sie da eben gehört hatte. Eine große Angst kroch in ihr hoch und ließ sie erstarren. Als sie endlich den Mund aufbekam, klangen ihre Worte abgehackt und undeutlich: »Die Kinder hatten es ... oh, nein, Buffy ... das wusste ich nicht, das hat mir keiner gesagt. Ich schwöre –«

Plötzlich hörte man im Korridor vor dem Pausenraum ein großes Spektakel: Leute schrien empört und knallten mit den Türen ihrer Schränke. Für einen Augenblick war Buffy abgelenkt. Sie gab Willow das Notizbuch zurück und sah zerstreut zu, wie sie ihre restlichen Sachen einpackte. Dann eilten alle drei in den Korridor, um zu sehen, was da los war. In diesem Moment dröhnte eine verzerrte Stimme aus einem Megafon.

»Bleiben Sie von den Schränken weg – hier spricht die Polizei! Halten Sie Abstand!«

Die Schüler, die auf dem Korridor in Gruppen zusammenstanden, versuchten trotz der Warnungen, näher an ihre Spinde heranzukommen. Zwischen ihnen gingen Lehrer mit ernsten, entschlossenen Gesichtern umher, ohne den leisesten Hauch von Mitleid. Rektor Snyder beaufsichtigte hocherfreut den Hausmeister, der mit einem Universalschlüssel die Schränke aufschloss. Zwei bewaffnete Sicherheitskräfte flankierten den Hausmeister und musterten die Schüler mit misstrauischen Blicken. Buffy sah, wie ein weiteres Mitglied des Lehrpersonals jeden Schüler anhielt und äußerst unsanft Rucksäcke und Geldbörsen durchsuchte. Während sie, Willow und Xander bestürzt dem Geschehen zusahen, kamen Oz und Amy dazu. Ein paar Meter weiter bemerkte Willow die fuchsteufelswilde Cordelia, die gerade eine Schimpftirade loslassen wollte.

»Oh, Mann«, meinte Xander halb laut. »Das ist ja wie in Nazi-Deutschland, und ich horte Playboys in meinem Schrank.«

Das schäbige, zufriedene Grinsen von Snyder war kaum zu übersehen. »Das ist ein herrlicher Tag für die vereinigten

Schuldirektoren der ganzen Welt!«, verkündete er lauthals. »Kein mitleidiges Gewimmer über die Rechte der Schüler – nur eine lange Reihe Spinde und ein Schlüssel!«

Oz schob sich zwischen Buffy und Willow und murmelte: »Sie haben eben drei Kids mitgenommen.«

Buffy runzelte die Stirn. »Wonach suchen die denn bloß?«

Amy drückte sich mit blassem, sorgenvollen Gesicht an sie heran. »Es geht um Hexenkram.«

Willow starrte sie mit offenem Mund an. »Was?«

»Sie haben meine Zauberzutaten gefunden«, erklärte Amy mit leiser Stimme. »Ich muss mich bei Rektor Snyder melden.«

»Oh, mein Gott«, flüsterte Willow.

Sie grübelte, was sie Tröstendes sagen könnte, aber da trat auch schon ein Lehrer aus der Menge hervor und nahm Amy beim Arm. »Okay, Amy«, sagte er barsch. »Du musst jetzt mitkommen.«

Amy versuchte gar nicht erst, Widerstand zu leisten, warf aber einen Blick zurück. »Willow, sei vorsichtig!«

Die Panik drohte Willow zu überwältigen. Sie wandte sich an Buffy. »Ich hab noch Sachen in meinem Schrank!« Sie blickte wie ein gehetztes Tier um sich. »Bilsenkraut, Nieswurz, Alraune –«

»Hör doch mal«, fiel ihr Xander ins Wort. Willow hätte ihn schütteln mögen. »Playboys? Kannst du dich nicht mal darum kümmern?«

Buffy hatte eine scharfe Erwiderung parat, aber schon wurde die nächste Schranktür aufgebrochen und Cordelias Gezeter übertönte das unglückliche Gemurmel der Menge. »Hey! Lassen Sie sofort Ihre dreckigen Hausmeister-Pfoten von meinen Sachen! Das Haarspray kostet fünfundvierzig Dollar und ist importiert!«

Wir alle haben etwas, das uns wichtig ist, dachte Willow. Sie berührte Buffys Arm und mochte noch immer nicht glauben, was sich dort vor ihren Augen abspielte. »Der Nächste ist mein Schrank – Buffy, ich hab wirklich nichts Falsches getan. Dieses Symbol ... das ist harmlos. Ich hab es für einen Schutz-Zauber für dich gebraucht, für deinen Geburtstag. Michael und Amy haben mir geholfen. Nur, jetzt, wo du's weißt, wirkt er natürlich nicht mehr. Ich wollte dir bloß *Happy Birthday* wünschen, bitte – du musst mir einfach glauben!«

Sie spürte es förmlich, wie Snyder ihren Spind durchwühlte und mit seinen wieselflinken Fingern ihre persönlichen Habseligkeiten betatschte. Es konnte nicht mehr lange dauern, bis –

»Ms. Rosenberg«, sagte der Rektor mit ruhiger, entzückt klingender Stimme, die vor Verachtung geradezu triefte, und hielt zwei Tüten mit getrockneten Kräutern und Wurzeln hoch. »In mein Büro.«

Überzeugt davon, dass sie nun verdammt war, schaute Willow zu Boden und ging auf Snyder zu. Ihr Herz schlug wie wahnsinnig – was sollte sie nur tun? Sie zögerte ein wenig, weil Buffy ihr plötzlich in den Weg trat und spürte dann die Erleichterung, als die Freundin ihr ganz, ganz beiläufig das Notizbuch und Giles' Buch über Hexenkunde abnahm. Niemand hatte es bemerkt. Dann schloss sich auch Oz dem Zug an und trabte hinter ihnen her.

Willow hoffte nur, dass der Weg nicht auch ihn in die Verdammung führen würde ...

Buffy rauschte in die Bibliothek und glaubte, sie habe nun die Schulrazzia hinter sich gelassen.

Doch da irrte sie sich.

Nach drei Schritten lief ihr ein bewaffneter Mann über den Weg, der eine Kiste voller Bücher wegschleppte. Sie starrte ihn böse an. Dann bemerkte sie die anderen Wachmänner, die die

Bibliothek und sogar Giles' Büro durchwühlten. In dutzenden von Kisten verstauten sie seine Bücher. Ein großer Teil der Bibliothek wurde regelrecht aufgelöst. Giles war so wütend, dass er Gift und Galle verspritzte. »Giles?«

Der Bibliothekar eilte auf sie zu, hob aber dann hilflos die Hände. »Sie konfiszieren meine Bücher!«

»Giles, wir brauchen diese Bücher!«

»Glaub mir«, betonte er und schnitt eine Grimasse. »Ich habe schon versucht, es dem netten Herrn hier verständlich zu machen.«

»Es ist nicht nur das«, meinte Buffy. Sie trat näher an Giles heran und flüsterte ihm zu. »Wir haben die Bedeutung dieses Symbols wohl noch nicht ganz verstanden. Willow sagte, sie hätte es für einen Schutzzauber benutzt. Es ist ein harmloses, kein bösartiges Symbol, warum also sollte es bei einer rituellen Opferung benutzt worden sein?«

»Ich weiß es nicht«, gab Giles zu. Verzweiflung zeigte sich in seinem Gesicht. »Normalerweise würde ich jetzt vorschlagen, dass wir unsere Nachforschungen ausweiten –«

»Womit denn?«, gab Buffy zurück. »Mit einem Wörterbuch und *Mein Freund Flicka*?«

Giles fuhr herum und wurde noch wütender, als er sah, wie eine weitere Kiste fortgeschafft wurde. »Das ist unerträglich!«, grollte er. Buffy legte Willows Notizbuch und Giles' Hexenkultbuch auf die Theke. »Snyder hat sich auch früher schon mal eingemischt, aber das hier werde ich mir von diesem kleinen verdrehten Homunculus nicht gefallen lassen!«

Bevor Buffys Wächter mit seiner Schimpftirade fortfahren konnte, erscholl Snyders Stimme. »Ich liebe den Angstgeruch eines verzweifelten Bibliothekars«, sagte er aalglatt. Er prostete Giles mit seiner Kaffeetasse zu, während ein weiterer Wachmann hereinplatzte und in den Bücherregalen zu wühlen begann.

Jeder Muskel in Giles' Gesicht war angespannt, und es sah so aus, als wolle er dem Rektor am liebsten kräftig eins auf die Nase geben. »Hinaus!«, zischte er zwischen zusammengebissenen Zähnen. »Und nehmen Sie Ihre … Ihre Plünderer mit.«

»Nein, so was! Welch eine heftige Reaktion.« Snyder ließ seinen Blick durch die Bibliothek schweifen. »Ich nehme die Gelegenheit wahr, Sie mal etwas genauer zu befragen.« Er streckte die Hand aus und nahm ein Buch von einem Stapel, der noch verpackt werden sollte. »Sagen Sie mir doch, inwiefern ist, ähm, *Blutriten und Blutopfer* angemessenes Material für eine Schulbibliothek? Wendet der Schachklub sich neuen Aufgaben zu?« Er warf das Buch in eine offene Kiste und bemerkte dabei nicht, dass Buffy wie zufällig den Arm ausstreckte und Willows Sachen von der Theke schob. In dem Lärm, den die bewaffneten Männer machten, fiel das Geräusch, das die Sachen verursachten, als sie herunterfielen, nicht weiter auf.

»Diese Bücher sind meine persönlichen Quellen für wichtige Untersuchungen«, sagte Giles hitzig. »Ich versichere Ihnen, dass sie völlig harmlos sind.«

Er hatte kaum zu Ende gesprochen, als einer der Männer im Bücherkäfig eine kleine Kammer entdeckte und Snyder aufforderte, hineinzuschauen. Der Rektor starrte auf das Waffenarsenal, das sich im Schrank befand. Es war eine tödliche Sammlung: Armbruste, Äxte, Speere und was nicht alles – dann drehte er sich zu Giles um und grinste hämisch. »Und das?«

»Das sind Antiquitäten«, beeilte sich Giles zu sagen.

»So wie Sie«, lautete Snyders Antwort. »Überbleibsel einer überholten Epoche. Willkommen in der Gegenwart.« Er prostete ihm erneut mit der Tasse zu und wandte sich zum Gehen.

»Sie ist noch nicht zu Ende«, knurrte Giles.

Snyder blieb stehen. »Oho, ich würde sagen, sie fängt

gerade erst an. Kämpfen Sie doch gegen das neue Zeitalter, wenn Sie wollen. Aber denken Sie immer daran – wenn Sie nur einen Finger gegen mich erheben, müssen Sie sich dafür vor der MgO verantworten.«

Buffy konnte nicht länger an sich halten. »MgO? Soll das irgendwas heißen, was ich dummerweise noch nicht kenne?«

»*Mütter gegen den Okkultismus*«, erklärte Snyder sachlich.

Buffy verdrehte die Augen. »Und wer hat sich diesen bescheuerten Namen ausgedacht?«

Snyder trank noch einen Schluck Kaffee, dann ging er an Buffy und Giles vorbei Richtung Ausgang. »Die Gründerin, nehme ich an –«, meinte er hochnäsig im Weggehen, »– kennst du als *Mom*.«

4

Wie es schien, hielt der Tag noch weitere Überraschungen bereit.

Als Willow nach Hause kam, wartete ihre Mutter schon. Sheila Rosenberg saß am Couchtisch, auf dem sämtliche Zauberutensilien ausgebreitet waren, die man in Willows Schrank gefunden hatte. Eine stattliche Sammlung ihrer kostbarsten Dinge: Plastiktütchen mit fein gemahlenen Wurzeln und seltenen Kräutern, Amulette und ein paar magische Steine, die sie mit einem Segen besprochen hatte.

Willow betrat das Wohnzimmer, während ihre Mutter gerade einen winzigen getrockneten Maiskolben betrachtete, der ebenfalls ein Talisman war. Neugierig starrte sie das Ding an.
»Ohhh«, machte Sheila Rosenberg, als sie ihrer Tochter ansichtig wurde. »Setz dich doch, Honey.«

Verzagt setzte sich Willow auf den Love-Seat, ein S-förmig geschwungenes Sofa. »Hat Rektor Snyder mit dir gesprochen?«

Sheila nickte. »Ja. Er macht sich Sorgen um dich.«

Willow beugte sich vor. »Mom, ich weiß, wie das auf dich wirken muss, aber ich kann dir wirklich –«

Sheila schnitt ihrer Tochter mit einer Handbewegung das Wort ab. »Du musst mir doch nichts erklären, Honey. Ich bin gar nicht wirklich überrascht!«

Willow blinzelte verdutzt. »Warum ... nicht?«

Sheila faltete ihre Hände und sah Willow ganz ruhig an. »Nun, die Identifikation mit mystischen Symbolen ist doch für deine Altersgruppe völlig normal. Es ist die klassische Reaktion des Heranwachsenden auf den Druck des beginnenden Erwachsenseins.«

»Ach«, meinte Willow enttäuscht. »So ist das?«

Die Mutter nickte und warf einen angewiderten Blick auf die Dinge, die auf dem Couchtisch lagen. »Natürlich hätte ich mir gewünscht, dass du dich mit etwas weniger Verrücktem beschäftigst, aber wenn es um die Entwicklung geht –«

»Mom, ich gehöre keiner Altersgruppe an«, fiel Willow ihr ins Wort. »Ich bin ich selbst – die Willow-Gruppe.«

Sheila stand auf und setzte sich neben ihre Tochter. »Ich verstehe dich ja.«

»Nein, du verstehst gar nichts«, gab Willow ein wenig verzweifelt zurück. »Mom, es wird dir vielleicht ein bisschen schwer fallen, das zu akzeptieren, aber ich kann … Dinge tun. Nichts, was schlimm oder gefährlich wäre, aber ich kann Zaubersprüche –«

»Du glaubst, dass du das kannst«, sagte ihre Mutter unbeeindruckt. »Und das macht mir ja solche Sorgen. Täuschungen –«

Willow war so verzweifelt, dass sie wütend wurde. »Mom, woher willst du wissen, was ich kann? Beim letzten Mal, als wir ein Gespräch geführt haben, das länger dauerte als drei Minuten, sprachen wir über die patriarchalischen Vorurteile bei den Feuersteins.«

»Nun denn«, sagte Sheila eingeschnappt. Sie lehnte sich zurück und malte mit den Händen Gänsefüßchen in die Luft. »Wo Fred immer unter Wilmas Pantoffel steht.«

»Mom, du hörst mir ja gar nicht zu!«

Sheila tätschelte Willows Knie und sprach besänftigend auf sie ein. »Und genau auf diese Weise willst du mehr Aufmerksamkeit bekommen. Ich habe deshalb mit einigen Kollegen gesprochen, und sie haben mir zugestimmt, dass du im Grunde wahrscheinlich eine strengere Hand brauchst.« Sie hielt kurz inne. »Du bekommst ab jetzt Hausarrest.«

Willow klappte der Mund auf. »Hausarrest? Dies ist das aller-, allererste Mal, dass ich etwas getan habe, was dir nicht gefällt, und schon krieg ich Hausarrest? Ich soll doch Mist bauen, weil ich ein Teenager bin. Schon vergessen?«

Sheila nickte verständnisvoll. »Du bist erregt. Das höre ich.«

Willow fühlte, wie ihr die Zornesröte in die Wangen stieg, und sprang auf. »Nein, Ma – jetzt hör du lieber mal zu! Ich bin eine Rebellin! Ich befinde mich gerade in einer Rebellion –«

Ihre Mutter schaute sie mit übertriebener Geduld an. »Willow, Honey, du musst doch nicht so dick auftragen, nur um mir zu zeigen, dass du etwas Besonderes bist.«

Doch die herablassende Miene ihrer Mutter versetzte Willow noch mehr in Wut. »Mom, ich tu nicht nur so – ich bin eine Hexe. Ich kann Bleistifte zum Schweben bringen, ich kann die vier Elemente anrufen – na ja, gut, zwei Elemente, aber mit den anderen klappt's auch noch.« Sie brach ab, überlegte, suchte nach irgendetwas, das endlich eine Wirkung hervorrufen würde. »Und – ich gehe mit einem Musiker!«

»Aber Willow!«

Es schien das Einzige zu sein, das zu ihrer Mutter durchgedrungen war. Willow konnte es nicht glauben. Was war mit dem ganzen Rest, mit ihren Wünschen, Interessen, ihren Fähigkeiten als Wicca-Hexe, überhaupt, was war mit ihr als Mensch, verdammt noch mal? Das Unverständnis ihrer Mutter traf sie wie ein Schlag und schmerzte mehr als alles, was sie ihr vorher angetan hatte. Ein letztes Mal versuchte Willow, sich zu behaupten. »Ich bete Beelzebub an!«, verkündete sie laut. »Ich tue, was er mir befiehlt – hast du in letzter Zeit hier irgendwo Ziegen gesehen? Kannst du auch nicht – ich hab sie nämlich alle geopfert!«

»Will, bitte.« Endlich eine Reaktion – die Elternautorität geriet ein wenig ins Wanken – immerhin!

»Verneigt euch vor Satan!«

Sheila stand unvermittelt auf. »Das muss ich mir nicht anhören!«

Sie schickte sich an, das Zimmer zu verlassen, aber Willow war gerade in Schwung. Sie lief hinter der Mutter her, wild entschlossen, dieser Frau endlich klarzumachen, dass sie, Willow, auf dieser Welt nur einmal vorkam, dass sie ein Individuum war, das man nicht in Statistiken, Referate oder psychologische Artikel einreihen und erklären konnte. »Prinz der Finsternis, ich rufe dich herbei!«, rief sie, das Gesicht zur Decke gewandt. »Komme und erfülle mich mit deiner schwarzen Bosheit!«

»Das reicht!«, kreischte Sheila.

Ups, dachte Willow ein wenig verspätet. Schließlich doch den Nerv getroffen.

Das Gesicht der Mutter war angespannt und wütend. »Du gehst jetzt auf dein Zimmer und bleibst dort, bis ich dir erlaube, wieder herauszukommen«, sagte sie mit einer Stimme, die keinen Widerspruch duldete. »Und wir werden noch ein paar andere Dinge ändern – ich will nicht mehr, dass du mit diesen seltsamen Freunden zusammen bist. Es ist ja ganz klar, woher diese Besessenheit kommt.«

Ihr letzter Beschluss, als sie Willow nach oben scheuchte, war von erschreckender Herzlosigkeit.

»Du wirst Buffy Summers nicht mehr sehen.«

»Ich will nicht, dass du diese Willow noch mal siehst«, sagte Joyce Summers. »Ich habe mit ihrer Mutter gesprochen. Ich hatte ja keine Ahnung, dass ihre Ausflüge in den Okkultismus schon so weit fortgeschritten waren.«

Buffy blieb die Sprache weg. Verblüfft konnte sie ihre Mutter nur noch anstarren. Sie fühlte sich, als sei sie für einen oder zwei Monate aus dem Zeit-Kontinuum gefallen, und als wären ihre Mutter und der Rest von Sunnydale komplett verrückt geworden. Überall hatte sich der Wahnsinn breit gemacht – sogar bei ihr zu Hause. Ein ganz normales Wohnzimmer war in einen völlig fremden Raum verwandelt worden – halb Wahlkampfbüro, halb Andenkenhöhle. Auf dem Tisch stand ein Laptop, der jedoch unter Telefonlisten, Aktenordnern und ähnlichen Papieren zu verschwinden drohte. Aus jedem Winkel des Zimmers starrten einen die traurigen Augen der ermordeten kleinen Kinder an. Flugblätter und rote Buttons mit der Aufschrift *MgO: Mütter gegen den Okkultismus!* lagen in großen Mengen auf dem Schreibtisch – und natürlich zierte einer davon das Revers von Joyces Jacke.

»Du hast heute die Razzia in der Schule veranlasst«, brach es aus Buffy heraus.

Joyce warf ihr einen tadelnden Blick zu. »Honey, sie haben doch nur ein paar Schränke geöffnet!«

»Ja, Schränke!«, wiederholte Buffy mit Betonung. Sie verhaspelte sich fast vor Wut. »Die eigentlich privat und vor jedem Zugriff sicher sein sollten. Selbst Giles' Bücher haben sie mitgenommen!«

»Er wird die meisten zurückbekommen«, antwortete die Mutter, während sie irgendetwas auf einem Formblatt ausfüllte. »MgO will doch nur Anstoß erregendes Material aussondern. Alle anderen Bücher werden Mr. Giles bald zurückgegeben.«

Verärgert wanderte Buffy vor dem Tisch auf und ab. »Wenn wir dem Verbrechen auf den Grund gehen wollen, müssen wir die Bücher jetzt haben.«

»Liebes, diese Bücher gehören doch nicht in eine Schulbibliothek. Da kann ja jeder Schüler hereinspazieren und auf alle möglichen komischen Ideen kommen.« Joyce stand auf und kam um den Tisch herum. Mit geballten Fäusten blieb sie vor Buffy stehen. »Kannst du nicht verstehen, dass mir das große Sorgen bereitet?«

Buffy kniff die Lippen zusammen. Sie wollte versuchen, Geduld zu haben. Sie wünschte mit aller Macht, dass die Mutter ihren Standpunkt verstand. »Mom, es ist furchtbar, dass diese Leute dir solche Angst gemacht haben. Und ich ... ich weiß ja, dass du nur helfen möchtest. Aber du musst mich meine Arbeit machen lassen. Das ist doch schließlich mein Ding!«

Joyce sah sie nur nachsichtig an. »Aber ist es wirklich dein Ding? Ich meine, schön, du gehst auf Streife. Du tötest. Das Böse kommt hoch, du vernichtest es. Und das ist ja auch gut so – aber wird Sunnydale dadurch besser? Gehen uns allmählich die Vampire aus?«

»Ich würde nicht sagen, dass sie uns –«

»Es ist ja nicht deine Schuld«, sagte Joyce mitfühlend. »Du handelst ... planlos. Du reagierst nur auf die Bedrohung. Und das muss ja letzten Endes ... fruchtlos bleiben.«

Buffy war tief verletzt. Sie trat einen Schritt zurück, während sie versuchte, ihre Gedanken zu ordnen. Dann legte sie los: »Okay, vielleicht habe ich keinen Plan. Der Himmel weiß, dass ich keine Buttons am Revers trage –«

»Buffy –«

»– und vielleicht kann ich, wenn die Welt das nächste Mal in die Hölle gesogen wird, es nicht mehr aufhalten, weil das Anti-Höllen-Buch leider nicht zu den erlaubten Büchern gehört!« Sie funkelte Joyce wütend an.

»Es tut mir Leid«, sagte Joyce. »Ich wollte dich nicht –«

»Na ja, du hast es aber geschafft«, fiel ihr Buffy ins Wort.

Dann schüttelte sie den Kopf. »Ist ja auch egal. Ich muss jedenfalls los, einen meiner nutzlosen Nachtstreifengänge machen und auf irgendwelche Vampire *reagieren* … falls MgO mir das erlaubt.«

Joyce erwiderte nichts, sondern sah ihre Tochter nur an. Buffy konnte nicht anders: Sie musste auf dem Weg nach draußen noch einmal anhalten und der Mutter einen letzten, verächtlichen Blick zuwerfen. »Und überhaupt – was für 'ne tolle Abkürzung, Mom!«

Joyce seufzte. Die Müdigkeit, die durch die schrecklichen Geschehnisse entstanden war, saß tief in ihren Knochen. »Ich versuche doch mein Bestes«, sagte sie leise zu sich selber.

»Das tust du wirklich.«

Sie drehte sich langsam nach rechts und sah … die Kinder, wie schon viele Male zuvor, seit sie die beiden auf dem Spielplatz gefunden hatte. Dieses Mal saßen sie auf den Stühlen, die Joyce an den Tisch gerückt hatte. Die kleinen Füße berührten nicht einmal annähernd den Boden, und die traurigen Gesichtchen drückten das Leid eines zu frühen Todes aus. Beim Sprechen bewegten sie kaum ihre Lippen und Joyce musste sich sehr weit vorbeugen, um die halb geflüsterten Worte verstehen zu können.

»Da draußen sind böse Menschen«, sagte das Mädchen. Auf dem hohen Stuhl sah es noch winziger aus. Die Latzhose über dem gestreiften Blüschen war verrutscht.

»Und wir können nicht schlafen«, fügte der Junge hinzu.

Die Augen des Mädchens schienen Joyce an ihrem Platz festzuhalten. »Erst, wenn du ihnen wehgetan hast«, flüsterte es.

Der Junge nickte kaum merklich. »So, wie sie uns wehgetan haben …«

5

Heute Nacht war es auf dem Spielplatz still – unheimlich still.

Kein Rascheln im Gebüsch, kein Laub, das sich bewegte. Nicht einmal eine sanfte Brise ... Vampire und andere Kreaturen der Nacht hatten sich entschlossen, dem Kindermörder, der augenscheinlich immer noch die Straßen von Sunnydale unsicher machte, aus dem Weg zu gehen ... oder versteckten sich gemeinsam mit ihm, um dem Jagdfieber, das die ganze Stadt ergriffen hatte, zu entkommen.

Eine Vorahnung befiel Buffy, als sie durch den Park streifte, aber es hatte nichts mit den Vampiren zu tun. Sie konnte die Empfindung nicht genau benennen, wusste jedoch, irgendetwas war grundverkehrt ... doch wie sollte sie es bekämpfen?

Ein paar Schritte vor ihr war der Ort des Unbegreiflichen!

So unschuldig der Anblick auch war, der sich nun ihren Augen darbot – er zeugte doch von außer Kontrolle geratenen Gefühlen. Auf dem Karussell waren rote und blaue Kerzen aufgestellt, aber auch Karten und Fotos. Zwischen den Bildern und den sanft glühenden Kerzenflammen standen Blumenvasen. Es waren so viele, dass der Platz einem Zimmer glich, in dem eine Totenwache abgehalten wurde. Als Buffy langsam auf diesen Teil des Spielplatzes zuschritt, sah sie aus dem Augenwinkel Angel näher kommen.

»Hey«, grüßte er.

Sie blieb stehen und blickte ihn an. Seine Umarmung tat ihr wohl. »Hey«, sagte sie gleichfalls zärtlich und strich ihm über den Ärmel. »Wie geht's dir?«

»Ganz gut.« Ernst und forschend sah er sie an. »Ich glaube, mir geht's im Moment besser als dir.«

Buffy löste sich aus der Umarmung und richtete den Blick wieder auf das improvisierte Mahnmal, dann schaute sie betrübt zu Boden. Angel hatte Recht und sie wusste nichts darauf zu erwidern.

»Ich habe von der Sache gehört.« Angel ließ seinen Blick über das Karussell schweifen. »Die Leute reden darüber – sogar mit mir.«

»Es ist wirklich seltsam«, gab Buffy schließlich zu. »Ständig sterben Menschen in Sunnydale. Aber so etwas wie das hier habe ich noch nie erlebt.«

Sie drehte sich um und ging zu einer Bank am Rande des Spielplatzes. Angel folgte ihr. »Es waren Kinder – unschuldige Kinder. Deshalb ist es anders.«

»Ist Mr. Sanderson von der Bank vielleicht schuldig gewesen?« Buffy setzte sich. Sie starrte immer noch auf das Karussell und fand, dass es inmitten der Finsternis wie eine kleine Insel aus sanftem Licht wirkte. »Meine Mom«, sagte sie langsam, »hat etwas über das Töten gesagt. Dass es fruchtlos ist und nichts bewirkt.« Sie schaute auf ihre Hände, dann hob sie den Kopf und begegnete seinem Blick.

»Sie hat Unrecht.«

»Ach ja?« Forschend blickte sie ihm in die Augen. »Ist Sunnydale etwa zu einer besseren Stadt geworden, seit ich herkam? Okay, ich bekämpfe das Böse ... aber ich kann nicht wirklich gewinnen. Das Böse kommt immer wieder und es wird mit der Zeit stärker. Ich bin wie das Kind in dieser Geschichte – der Junge, der seinen Finger in den Teich steckte.«

Angel blinzelte belustigt. »Deich.« Als Buffy ihn nur verständnislos anblickte, fügte er eine weitere Erklärung hinzu. »Deich. Ein anderes Wort für Damm.«

»Oh«, machte Buffy. »Okay, da wird einem die Story viel klarer.«

Angel nahm ihre Hand. »Buffy, du weißt, dass ich immer noch dabei bin, alles zu begreifen. Es gibt vieles, was ich noch nicht verstehe. Aber ich weiß, dass es wichtig ist zu kämpfen. Und das habe ich von dir gelernt.«

»Aber wir können nie –«

»Wir können niemals gewinnen«, stimmte er ihr zu.

Buffy schaute ihn traurig an. »Niemals ganz.«

»Und wir werden nie gewinnen.« Er drückte ihre Hand. »Aber darum kämpfen wir auch nicht. Wir kämpfen, weil es Dinge gibt, für die es zu kämpfen lohnt.« Buffy gab keine Antwort darauf, und Angel richtete den Blick wieder auf die vielen Kerzen, Fotos und Blumen. »Für diese Kinder. Für ihre Eltern.«

Ja, dachte Buffy. Natürlich. Sie setzte sich kerzengerade auf. »Ihre Eltern!«

»Sieh mal«, fuhr Angel fort. »Ich weiß, es ist nicht viel wert –«

»Aber nein«, erwiderte Buffy. In ihrem Kopf rotierte es, während sie versuchte, ein paar Dinge zu ordnen, die eben in ihrem Hirn aufeinander geprallt waren. »Im Gegenteil, es ist sehr viel wert.«

Als Oz und Xander in die Bibliothek schlenderten, fielen Oz als Erstes die riesigen, hässlichen Lücken in den Regalen auf – ein trauriger Beweis dafür, wie sehr in die Welt des Wächters eingegriffen worden war.

Der Bibliothekar wirkte völlig fehl am Platz. Ausgerechnet er saß vor dem Computer, den er nicht leiden konnte. In der rechten Hand hielt er eine Tüte Knabberkram, während er mit der Linken wütend auf der Tastatur herumhackte. Bis Oz und Xander bei ihm ankamen, hatte Giles schon mehrmals ungeduldig in Richtung Bildschirm gestikuliert und seiner Verärgerung lautstark Ausdruck gegeben.

»Sitzung unterbrochen?« Er wurde immer lauter. Ungläubig starrte er den Bildschirm an, dann schob er sich eine neue Hand voll Knabberzeug in den Mund und kaute wütend drauflos. »Wer hat dir befohlen, dass du abbrechen sollst, du blödes, nutzloses Mistding! Ja, du hast recht gehört – ich sagte Mistding! Und ich sag es immer wieder!«

»Jetzt krieg ich aber allmählich Angst«, sagte Xander neben seinem Ohr.

»Nur Mut«, meinte Oz. »Wir haben Ihre Bücher gefunden.« Worauf sich Giles mit einer so dankbaren Miene zu ihnen herumdrehte, dass Oz wünschte, er hätte nichts verlauten lassen.

»Frohlocken Sie nicht zu früh«, beschwichtigte Xander rasch. »Wir können gar nicht an die Bücher ran – die sind im Rathaus eingeschlossen.« Er beugte sich über Giles' Schulter und versuchte, die Worte auf dem Bildschirm zu entziffern. »*Chatroom für verspielte Wächter.* Also, Giles ...«

Giles warf Xander einen vernichtenden Blick zu, aber bevor er etwas ebenso Vernichtendes sagen konnte, schoss Buffy in die Bibliothek.

»Buffy!«, rief Xander. »Oz und ich haben rausgekriegt, dass –«

»Was wissen wir über diese Kinder?«, unterbrach sie ihn.

Giles furchte die Stirn. »Wie?«

»Fakten«, verlangte Buffy. »Einzelheiten.«

»Nun, also, sie wurden im Park gefunden«, begann Xander.

Buffy hielt eine Hand hoch und schnitt ihm das Wort ab.

»Nein – ich meine, auf welche Schule sind sie gegangen? Wer sind ihre Eltern? Wie heißen sie überhaupt?«

Oz blickte fragend zu Giles und Xander, aber keiner der beiden wusste darauf eine Antwort. Angesichts der verblüfften Mienen fuhr Buffy fort: »Wir wissen alles über ihren Tod, kennen aber noch nicht einmal ihre Namen!«

»Aber sicher wissen wir die«, fiel Xander ein. Dann geriet er ins Stocken. »Ähm ... sie liegen mir auf der Zunge –«

Oz dachte nach. »Wir haben sie nie erfahren.«

Buffy nickte. »Und wenn niemand weiß, wer diese Kinder waren, wo kommen dann die Fotos her?«

Giles fuhr auf. »Ich – ich habe einfach angenommen, dass jemand über die Details Bescheid weiß. Ich hab einfach nicht ... also, das ist wirklich seltsam.«

Buffy streckte einen Finger Richtung Computer. »Wir müssen ein paar Informationen in die Hand bekommen.«

»Nun, lass das lieber jemand anderen machen«, sagte Giles verärgert. Wütend funkelte er den Computer an. »Das Ding hat mich rausgeschmissen.«

Xander grinste. »Na, wenn Sie ihn nicht angeschrien hätten ...«

Da trat Oz an den Tisch. Giles warf ihm einen dankbaren Blick zu, erhob sich und bot ihm seinen Stuhl an.

»Ich kann's ja mal versuchen«, sagte Oz, als er sich vor der Tastatur niederließ. »Aber eigentlich kennt nur Willow die Websites, die wir brauchen.«

»Na toll«, bemerkte Buffy genervt. »Sie kann noch nicht mal ans Telefon kommen.«

Oz grinste verhalten, während er die Hand auf die Maus legte. »Wir brauchen auch kein Telefon.« Der Cursor fuhr über den Bildschirm, und Oz steuerte das Wählprogramm an. Dann wählte er Willows Modem an. Ein paar Sekunden später zeigte ein Pop-up-Menü, dass sie sich ebenfalls eingewählt hatte. »So«, meinte Oz. »Wir sind verbunden. Wenn irgendjemand die Kids identifiziert hat, wird sie es ausgraben und uns senden.«

Willow hatte auf ihrem Bett gelegen und nachgedacht, wie sie ihrer Mutter erklären könnte, dass sie nicht den Verstand verloren hatte. Wie die meisten Erwachsenen hatte ihre Mutter das Übernatürliche sogleich als Unsinn abgetan – aber wo wäre die Stadt heute, wenn Buffy auch so gedacht hätte? Selbst ohne Kristallkugel konnte Willow voraussagen, dass sie dann alle bis zur Halskrause in einer Welt des Schmerzes und des absolut Bösen leben würden.

Das Signal ihres Computers unterbrach ihre Überlegungen. Willow freute sich, ihren Freunden helfen zu können – wenn auch nur online. Wirklich erstaunlich, dachte sie, als sie die Nachricht las. Es hatte tatsächlich niemand nach der Herkunft der beiden Kinder gefragt. Diese Fotos, auf denen die beiden zu sehen waren, zeigten die Kinder mit offenen, sehr lebendigen Augen – seit wann konnten Mordopfer so für eine Kamera posieren?

Sie brauchte nicht lange – vielleicht drei Minuten – um ein paar besonders viel versprechende Websites anzusteuern und die Informationen herauszufiltern. Als der erste Zeitungsartikel auf dem Bildschirm erschien, betrachtete sie ihn interessiert und drückte sofort auf den Sende-Button, damit ihre Freunde in der Bibliothek ihn lesen konnten.

Oz gab Giles und den anderen zu verstehen, dass die Information eingetroffen war, und alle versammelten sich um den Monitor.

»Zwei Kinder«, las Giles laut, »tot aufgefunden. Geheimnisvolle Zeichen ... nein. Diese Kinder wurden 1949 in der Nähe von Omaha gefunden.«

Xander schnaubte verächtlich. »Das sind nicht unsere. Weiter!«

Oz wollte schon den Weiter-Button drücken, aber Buffy hielt ihn auf. »Warte!«

Er hielt mitten in der Bewegung inne und heftete den Blick auf das Schwarzweißfoto, das allmählich auf dem Bildschirm sichtbar wurde. Alle starrten erstaunt auf den Monitor.

»Es sind die Kinder«, stellte Buffy fest.

Giles klang überrascht. »Das ist mehr als fünfzig Jahre her!«

Am anderen Ende der Leitung musste Willow etwas Neues gefunden haben, denn plötzlich verschwand das Bild und ein neuer Artikel erschien, diesmal ohne Foto.

Oz beugte sich vor, um zu lesen. »Utah, 1899, zwei Kinder – eine Bauerngemeinde ging zu Grunde, weil die Leute sich untereinander verdächtigt haben.«

»Das war vor hundert Jahren«, murmelte Giles. »Ja, aber wie ist das nur möglich?«

Oz las weiter. »Keine Erwähnung, wer die Kinder waren.«

Buffy verschränkte die Arme vor der Brust. »Sie wurden nie lebend gesehen, nur tot. Aber das oft.«

Wieder wurde das Bild gelöscht, und der Bildschirm füllte sich mit einem Text in altdeutscher Schrift. In der rechten oberen Ecke war die Reproduktion eines alten Holzschnittes zu sehen – nicht sonderlich gut –, trotzdem erkannten sie die beiden kleinen Gestalten. In der oberen linken Ecke erschien ein Nachrichtenfenster. Oz las laut vor, was Willow dort hineingeschrieben hatte: »Es gibt noch mehr Artikel. Alle fünfzig Jahre einen, mit fast dem gleichen Inhalt.«

»Und sie gehen zurück bis zum Jahre 1649«, sagte Giles nachdenklich. »Kann ich das mal näher sehen?«

Oz stand auf und überließ dem Bibliothekar seinen Platz vor dem Computer. Giles bewegte das Bild nach unten und bemühte sich, aus dem Deutschen zu übersetzen. »Das hat ein Geistlicher aus einem Dorf in der Nähe des Schwarzwalds geschrieben«, sagte er. »Er selbst fand die Leichen. Zwei Kinder, Greta Strauss, sechs Jahre alt, und Hans Strauss, acht.«

»Sie haben also Namen«, murmelte Xander. »Das ist was Neues.«

Der Computer piepte. Giles starrte verwirrt auf den Monitor. »Was ist –«

Oz griff über seine Schulter hinweg und drückte auf eine Taste. »Willow ist weg.«

Willow, die auf beide Ellenbogen gestützt die Artikel auf dem Bildschirm gelesen hatte, sprang vor Schreck auf, als ihre Mutter die Zimmertür aufriss.

»Ich dachte, ich hätte mich klar genug ausgedrückt«, sagte Sheila Rosenberg zornig. »Du hörst einfach nicht auf mich, Willow.« Bevor Willow etwas tun konnte, hatte die Mutter den Laptop zugeklappt und die Modemleitung ausgestöpselt. Sie nahm den Laptop an sich und klemmte ihn unter den Arm. »Ich verstehe, was du tust«, fuhr Sheila fort. »Du willst mich herausfordern. Aber ich werde es nicht zulassen, dass du online mit diesen ... Cyber-Hexenzirkeln sprichst oder mit sonst irgendjemand.«

Willow schwang die Beine aus dem Bett und setzte sich auf. »Hexenzirkel? Und ich dachte, das seien alles Ausgeburten meiner Fantasie, weil ich mich doch nur wichtig machen will?«

Sheila zögerte. Als sie wieder sprach, hatte ihre Stimme viel von ihrer vorherigen Strenge verloren. »Nun, das war, bevor ich eingehend mit Mrs. Summers und den anderen Mitgliedern der MgO gesprochen hatte. Wie es scheint, war ich zu engstirnig.«

Willows Miene hellte sich auf. »Dann – glaubst du mir jetzt?«

Die Mutter sah sie mit einem zärtlichen Lächeln an. »Ich glaube dir, Liebes. Alles, was ich jetzt noch tun kann, ist, dich in Liebe loszulassen.«

Willow klappte der Mund auf. »Mich loslassen? Was soll das heißen? Mom?«

Ihre Mutter gab keine Antwort. Stattdessen drehte sie sich um, marschierte aus dem Zimmer, machte die Tür hinter sich zu – und schloss ab.

6

»Ich kann sie nicht mehr erreichen, sie ist offline«, sagte Oz. Er versuchte es noch einmal, aber es nützte nichts.

»Nein, warte mal«, erwiderte Giles, der unruhig im Raum auf- und abschritt. »Greta Strauss. Hans Strauss.« Nach ein paar Sekunden des Nachdenkens eilte er zu einem der Bücherregale, dann ging ihm auf, dass die Bücher, die er so dringend brauchte, ja verschwunden waren. Hilflos starrte er auf die gähnenden Lücken, dann wandte er sich wieder Oz und den anderen zu und versuchte, die Fakten aus seinem Gedächtnis hervorzukramen. »Es gibt ein paar Volkskundler, die behaupten, dass manche Märchen wahre, ja geradezu sprichwörtliche Vorbilder haben«, dozierte er. Er nahm seine Brille ab und kaute zerstreut auf einem Bügel herum.

Buffy zog die Mundwinkel nach unten. »Und sind diese Märchen zufällig in Englisch verfasst?«

Oz gab es auf, die Verbindung mit Willow wiederherzustellen und sah Giles an. »Märchen sind wahr.«

»Aha. Hans und Greta.« Buffy legte die Stirn in Falten und verschränkte die Arme, während sie versuchte, dem Rätsel auf die Spur zu kommen. »Hänsel und Gretel?«

»Warte mal«, schaltete sich Xander ein. »Hänsel und Gretel? Wie in dieser Story mit den Brotbröckchen, dem Ofen und dem Pfefferkuchenhaus?«

»Natürlich«, meinte Giles zerstreut. »Jetzt ergibt es einen Sinn.«

Buffy blickte finster drein. »Ja, und alles passt wunderbar zusammen. Nur leider ist es ziemlich weit weg von hier.«

»Es gibt Dämonen, deren Macht zunimmt, indem sie den Hass der Sterblichen schüren«, erklärte Giles. »Nicht, indem sie Menschen töten, sondern dadurch, dass sie zusehen, wie die Menschen sich untereinander zerstören. Sie konfrontieren uns mit den Urängsten und verwandeln auf diese Weise ein friedliches Städtchen in einen Kriegsschauplatz.«

Verständnis erschien auf Buffys Zügen. »Hänsel und Gretel rennen nach Hause und erzählen allen von der bösen alten Hexe.«

»Und die wird – wie viele andere auch – vom selbstgerechten Mob gelyncht«, führte Giles fort. »So etwas ist in der Geschichte immer wieder geschehen – zum Beispiel in Salem, was nicht gerade überrascht.«

Xander blinzelte verwirrt. »Mann, Mann, Mann – mir dreht sich immer noch der Kopf wegen dieser Märchen-sind-wahr-Geschichte.«

»Was sollen wir tun?«, fragte Oz Giles, der seine unruhige Wanderung wieder aufgenommen hatte.

»Ich weiß nicht, was du tun willst«, fiel Xander schlagfertig ein, »aber ich geh jetzt meinen Goldklumpen gegen einen Schleifstein eintauschen.«

Als alle ihn böse anstarrten, zog er die Schultern hoch. »Keiner sonst da, der den Witz an der Geschichte bemerkt?«

»Giles«, sprudelte Buffy hastig hervor, »wir müssen mit Mom reden. Wenn sie erst mal die Wahrheit weiß, kann sie die ganze Sache abblasen –«

Bevor sie sich auf den Weg machen konnten, wurde die Eingangstür aufgestoßen. Michael stürzte herein. Sein Gesicht war blutig und voller blauer Flecken. Oz und die anderen eilten ihm zu Hilfe. Michael umklammerte die Theke.

Xander fand als Erster die Sprache wieder. »Was ist passiert?«

Michael rang nach Luft. Endlich hatte er sich so weit beruhigt, dass er wieder sprechen konnte. »Ich bin angegriffen worden!«

Xander zuckte zusammen. »Das ist echt nicht witzig.«

»Von wem?«, wollte Buffy wissen.

Michael schauderte und schnappte nach Luft. Seine verzerrten Züge rührten jedoch nicht von körperlichen Schmerzen her. »Von meinem Dad! Und seinen Freunden. Sie holen die Leute aus den Häusern, es soll ein Prozess im Rathaus stattfinden.« Er zog hastig die Luft ein. »Sie haben Amy!«

Oz zuckte zusammen. »Willow!«

Michael griff nach Oz' Arm. »Sag ihr, sie soll so schnell wie möglich ihr Haus verlassen!«

»Michael, bleib hier und versteck dich!«, befahl Buffy.

»In meinem Büro«, fügte Giles hinzu.

»Giles, wir müssen Mom finden.« Buffy wandte sich an Oz. »Du und Xander ...«

Aber Oz war schon mit Xander im Schlepptau an der Tür. »Schon unterwegs.«

Mann, hier eingesperrt zu sein, ist ganz schön ätzend, dachte Willow.

Sie hatte sich wieder aufs Bett gelegt. Es gab natürlich vieles, was sie hätte tun können – zum Beispiel eines ihrer hundert Lieblingsbücher lesen oder ein paar außerschulische Projekte in Angriff nehmen.

Da wurde die Zimmertür aufgeschlossen. Mit einem Sprung war Willow auf den Beinen und stürzte zur Tür.

»Mom«, begann sie. »Wir müssen unbedingt miteinander reden!«

Doch der Anblick ihrer Mutter in Begleitung von drei Fremden, zwei Männern und einer Frau, ließ sie verstummen. Alle außer ihrer Mom sahen äußerst unfreundlich aus, und natürlich hatten sie alle diesen lächerlichen Button von Mrs. Summers' MgO am Revers.

»Es ist an der Zeit zu gehen«, sagte Sheila in nüchternem Ton. »Hol deinen Mantel, es ist kalt draußen.« Sie stand abwartend da.

Bestürzt wusste Willow zuerst nicht, was sie sagen sollte. »G-gehen? Wohin denn?«

Die Stimme der Mutter wurde furchtbar streng. »Ich sagte, hol deinen Mantel, du Hexe!«

Willow hatte keine Zeit mehr, über ihre Reaktionen nachzudenken. Instinktiv warf sie sich nach vorn und knallte ihrer Mutter die Tür vor der Nase zu, dann hielt sie mit aller Kraft dagegen, während draußen ein Höllenlärm einsetzte.

Buffy roch Plätzchen und gebackene Hors d'œuvres, als sie mit Giles in ihr Heim stürmte. Es war ein vertrauter, heimatlicher Geruch, der sie einen Augenblick lang glauben ließ, diese ganze Geschichte sei nur ein fataler Irrtum, der sich inzwischen wieder eingerenkt hatte.

Aber als sie ins Wohnzimmer kam, wurde ihr sofort klar, wie falsch dieser Gedanke gewesen war.

Joyce saß auf einem Stuhl, den sie an das eine Ende des Couchtisches gestellt hatte. Auf der Couch und dem Love-Seat saßen fünf Leute, die Buffy nicht kannte, die aber zweifellos der MgO angehörten. Die Kekse und die frisch zubereiteten Knabbereien, die so wunderbar dufteten, standen auf dem Tisch, umgeben von Pamphleten und anderem Schriftkram. Unzählige Aufnahmen der toten Kinder lehnten an jedem verfügbaren Zentimeter Wand ringsherum. Buffy hörte, wie ihre Mutter eines der anderen Mitglieder fragte: »Haben Sie mit den Familien auf der Sycamore Street gesprochen?« Bevor Joyce ihre überaus erregte Tochter und Giles auf der Schwelle bemerkte.

»Buffy. Mr. Giles.« Überrascht schaute sie die beiden an. »Ist etwas passiert?«

»Mom, wir müssen unbedingt mit dir sprechen.« Buffy schaute die anderen Leute an, die ihren Blick ohne eine Spur von Wärme oder Freundlichkeit erwiderten. »Jetzt.«

»Selbstverständlich, Honey.« Joyce legte Bleistift und Papier hin und stand auf. Mit einer Hand griff sie in die Tasche ihres Pullovers. »Machen Sie ohne mich weiter«, sagte sie zu ihren Gästen, dann kam sie zu Buffy.

»Nein«, beharrte Buffy. »Wir müssen allein miteinander reden.« Sie drehte sich um und ging ihrer Mutter voraus in die Diele. »Es steht mehr auf dem Spiel, als du –«

Die Hand der Mutter glitt um ihre Wange herum und legte sich fest auf Buffys Mund. Zu spät merkte Buffy, dass sie ein Betäubungsmittel – Chloroform – einatmete. Wie sollte sie dagegen ankämpfen? Die Wirkung setzte sofort ein: Ein Kribbeln schoss ihr durch Arme und Beine und schwächte sie so sehr, dass sie nicht einmal Joyces Hand wegschieben konnte. Aus dem Augenwinkel sah sie, wie Giles' zornige Miene einem ungläubigen Ausdruck wich, als ihm einer der Männer aus dem Wohnzimmer ebenfalls einen chloroformgetränkten Lappen vor den Mund hielt. Dann kam noch einer hinzu und zerrte ihn zu Boden.

Als ihr Blick trübe wurde, fiel Buffys Kopf nach hinten. Sie sah ihre Mutter neben sich knien und auf sie herabschauen. »Ihr hattet Recht«, sagte sie. Ihre Stimme klang in Buffys Ohren, als käme sie durch ein meterlanges Papprohr. »Er war ganz leicht.«

Buffy fragte sich, mit wem Joyce da sprechen mochte. Während sie allmählich das Bewusstsein verlor, drehte sich ihr Kopf zur Seite und sie sah die beiden Kinder mit den blau angelaufenen Lippen auf der Treppe stehen. Sie sahen grau und leblos aus. Selbst ihre Haare hatten den gleichen stumpfen Ton wie ihre Haut.

»Ich habe es dir ja gesagt«, begann das kleine Mädchen mit hohl klingender Stimme.

»Es wird mit jedem Mal leichter«, setzte der Junge hinzu. Er balancierte auf dem Treppengeländer, seine linke Hand krallte sich um die Chloroformflasche.

»Aber ich habe immer noch Angst vor diesen bösen Mädchen«, sagte seine Schwester.

»Ihr müsst sie aufhalten.« Der tote Junge, Hans Strauss, sah Joyce in die Augen, ohne zu blinzeln. »Ihr müsst machen, dass sie weggehen. Für immer.«

Während sie das sagten, blieben ihre Gesichter völlig ausdruckslos. Schließlich verschmolzen sie zu einem kleinen blassgrauen Punkt. Buffy hatte das Bewusstsein verloren.

7

Oz und Xander machten sich nicht die Mühe anzuklopfen. Dann merkten sie, dass die Tür zum Haus der Rosenbergs ohnehin offen stand.

»Willow!«, schrie Oz, als sie ins Haus stürmten. »Willow!«

Keine Antwort. Die beiden rannten die Treppe zum oberen Stock hinauf. Als sie die Tür zu Willows Zimmer aufstießen, blieben sie wie angewurzelt stehen.

Der Schreibtischstuhl war umgeworfen, überall lagen Papiere verstreut, und die Bücher sahen aus, als seien sie quer durchs Zimmer geschleudert worden. Bettdecke und Kissen waren vom Bett heruntergezerrt und Willows Teddy lag zertrampelt in einer Zimmerecke.

Ohne sich lange zu fragen, was hier vorgefallen war, machten sie sich sofort wieder auf den Weg.

Nein, dachte Willow. Das kann doch nicht sein. Das *darf* nicht sein!

Der Rundbau des Rathauses, ehemals ein schöner, wenn auch ein wenig groß geratener Saal, wurde nun zu einer Richtstätte, wo sie zusammen mit Buffy und Amy verbrannt werden sollte.

Willow versuchte, sich aus dem um sie geschlungenen Seil zu befreien und erreichte damit nur, dass ihre Mutter es umso fester schnürte. Zu ihrer Rechten, ebenfalls an einen hohen Holzpfahl gebunden, der durch ein Loch in den vormals hübschen Fliesenboden getrieben war, stand Buffy. Sie war noch immer bewusstlos. Auf der anderen Seite war Amy – ebenfalls an einen Pfahl gefesselt. Als Willow nach unten blickte, sah sie stapelweise Bücher vor sich aufgetürmt. Waren das etwa Giles' wertvolle Nachschlagewerke? Sollten sie als Brennmaterial für die Scheiterhaufen dienen?

Das kann doch nicht wahr sein, dachte Willow wieder und kämpfte gegen die Fesseln.

»Halt still«, befahl Sheila ungeduldig. »Nun sei ein braves Mädchen.« Sie zog am Seil und Willow spürte, wie es schmerzhaft in ihre Oberarme schnitt.

»Nein!«, schrie Willow. »Warum tust du mir das an, Mom?«

Aber die Mutter schüttelte nur bedauernd den Kopf. »Es gibt keine andere Heilung.«

»Buffy!«, rief Amy ein paar Meter entfernt. »Wach auf!«

Willow versuchte es noch einmal. »Das ist doch verrückt, Mom!«

»Buffy!«, heulte Amy.

Es nutzte nichts.

Die Jägerin war noch immer ohne Bewusstsein.

Etwas Heißes berührte seine Wange, es wurde zunehmend lästiger. Giles stöhnte und versuchte, nicht darauf zu achten, aber es kam immer wieder und wieder – und schmerzte jedes Mal mehr. Nach dem dritten Mal zwang er sich, die Augen zu öffnen –

»Wachen Sie auf!«

– gerade rechtzeitig, um eine Hand herabsausen zu sehen, die ihm eine kräftige Ohrfeige verpasste.

»Cordelia?«, brachte er hervor.

Wieder holte sie aus, aber dieses Mal konnte Giles den Hieb abblocken. Ungnädig sah sie auf ihn herab und massierte ihre Finger. »Hat ja endlos gedauert, bis Sie aufgewacht sind«, murrte sie. »Mit tut die Hand weh.«

Der Wächter rieb sich das schmerzende Gesicht. »Zu schade«, murmelte er. Wo war er nur – Moment mal! Buffys Wohnzimmer. »Warum – warum bist du hier?«

»Die Dinge sind eben außer Kontrolle geraten, Giles«, antwortete sie, während er sich mühsam aufrichtete. »Erst die Razzia in der Schule, und dann kommt meine Mom an und konfisziert alle meine schwarzen Klamotten und Räucherkerzen. Ich kam her, um Buffy zu sagen, sie müsse diesen Wahnsinn aufhalten, und finde Sie bewusstlos vor ... wieder einmal.« Sie betrachtete ihn neugierig. »Wie oft sind Sie eigentlich schon ausgeknockt worden? Ich wette, eines Tages werden Sie noch ins Koma fallen.«

Giles rieb sich die Augen. »In was – ach, ist ja egal. Wir müssen Buffy vor Hänsel und Gretel retten.«

Cordelia starrte ihn einen Augenblick sprachlos an, dann presste sie die Lippen zusammen und nahm ihn am Ellenbogen, um ihm auf die Beine zu helfen. »Also, um eines mal klarzustellen: Der Hirnschaden war schon da, bevor ich zugeschlagen hab, stimmt's?«

So schnell sie konnten waren Oz und Xander zum Rathaus gerannt. Sie kamen bis in den Korridor, dann wurden sie von vier stämmigen Männer, die die fragwürdigen MgO-Buttons stolz ans Hemd geheftet hatten, gestoppt. Sie warfen den beiden Teenagern einen abfälligen Blick zu, bevor sie die Türen zusperrten.

»Was ist euch denn über die Leber gelaufen?«, witzelte Xander mit falscher Fröhlichkeit. »Wir wollen euch doch nur Gesellschaft leisten.«

Keiner der Männer gab Antwort. Sie rückten nur näher und verschränkten die muskelbepackten Arme vor ihrer Brust.

»Nein, also ehrlich«, fuhr Xander fröhlich fort. »Warum solltet nur ihr euren Spaß haben? Wir wollen doch auch am Volkszorn teilhaben.«

Seine Worte zeigten keine Wirkung, außer vielleicht der, dass die Mienen noch etwas finsterer wurden.

Oz zog eine Augenbraue hoch. »Damit wir uns nur recht verstehen«, sagte er ohne eine Spur Ironie, »ihr wisst ja, dass ihr total durchgedreht seid, oder?«

Dann machten er und Xander kehrt und liefen, die MgO-Handlanger im Rücken, so schnell wie möglich davon.

Panik hatte Willow erfasst. Wieso war Buffy ohnmächtig? Was hatten sie ihr nur angetan? Hatte sie vielleicht eine Gehirnerschütterung oder gar Schlimmeres? Sie versuchte es noch einmal, hob ihre Stimme, um das gedämpfte Gemurmel der Menschenmenge zu übertönen. »Buffy!«

Keine Antwort. Moment mal: Die Freundin kam endlich wieder zu sich! Buffy hob den Kopf, aber er fiel wieder herab. Beim zweiten Mal jedoch hob sie ihn mit einem Ruck. Jetzt hatte sie die Umgebung wahrgenommen und riss entsetzt die Augen auf. Willow sah, wie sie zu begreifen versuchte, was geschehen war, auch wenn die Nachwirkungen ihrer Betäubung sie daran hinderten.

Mrs. Summers stand genau unterhalb des Pfahles, an den sie ihre Tochter gebunden hatte. »Ausgeschlafen?« Wenn man die Umstände bedachte, so war es die haarsträubendste Bemerkung, die Willow je gehört hatte.

»Mom«, sagte Buffy, »das willst du doch nicht wirklich tun.« Mit jedem Wort wurde ihre Stimme lauter.

Aber ihre Mutter sah sie nur traurig an. »Seit wann spielt es eine Rolle, was ich will?«, fragte sie. »Ich wollte eine ganz normale Tochter, ein fröhliches Mädchen. Stattdessen hab ich eine Jägerin bekommen.«

Buffy sah sie bestürzt an, dann blickte sie panikerfüllt zu Willow hinüber. Bevor Willow etwas sagen konnte, ging ihre Mutter auf Mrs. Summers zu und hielt ihr eine Art Stock hin.

»Fackel?«, fragte sie freundlich.

»Danke«, erwiderte Buffys Mutter und nahm die Fackel. Willow konnte nichts weiter tun als sprachlos zuzusehen, wie die beiden Frauen weiterschwatzten, als würden sie über das nächste Treffen des Nachbarschaftsvereins sprechen.

Joyce stieß einen Seufzer aus. »Das ist alles so nervenaufreibend! Aber du hast dich wirklich großartig gehalten.«

Willows Mutter nickte zuvorkommend. »Du aber auch, Joyce.«

Mrs. Summers wurde wieder munter. »Wir sollten öfter was zusammen machen«, schlug sie vor. »Essen gehen oder so.«

»Oh ja, wie nett«, sagte Sheila.

Die Stimme ihrer Mutter klang so ruhig und freundlich, dass Willow hätte schreien mögen. War ihre Mutter vielleicht in einer Art Trance oder so? Bekam sie gar nicht mit, was hier abging? Um Himmels willen, sie hielt eine Fackel in der Hand, und in ein paar Minuten würde sie ein ganz besonderes Menü bekommen – gegrilltes Tochter-Barbecue!

»Oh, das kann doch nicht Ihr Ernst sein!«, rief Amy, als die beiden Mütter sich vorbeugten und mit ihren Fackeln die Bücherhaufen vor den Pfählen anzündeten.

»Mom, tu's nicht!«, schrie Buffy.

Zu spät. Schon schlugen die Flammen hoch. Nicht nur

Willow hatte große Angst, sondern auch Amy, die beim Anblick des Feuers in eine fürchterliche Panik geriet.

»Na schön!«, schrie sie die Menge an. Sie zog und zerrte an den Seilen, erreichte damit aber nur, dass der Pfahl zu zittern begann. »Ihr wollt eine Hexe verbrennen? Ich zeig euch, was eine Hexe ist!«

Erschrocken riss Willow die Augen auf. Amy warf den Kopf zurück und begann, den Blick zu den Sternen gewandt, eine Beschwörungsformel aufzusagen. »Göttin Hekate, tue deinen Willen –«

Willows und Buffys Blicke trafen sich, und Willow versuchte sich vergebens zu erinnern, ob sie diese Worte schon einmal gehört hatte.

Buffy blickte wieder zu Amy und zuckte zusammen, trotz ihrer Fesseln. »Oh-oh.«

Willow streckte ihren Hals, bis sie Amy sehen konnte – und wünschte sofort, sie hätte es nicht getan. Amys hübsche Augen wurden kohlrabenschwarz, und ihr Körper zitterte, als der improvisierte Zauberspruch zu wirken begann.

»– lasse vor dir kriechen die unreine Kreatur!«

Plötzlich ließ ein Krachen, das an ein unterdrücktes Donnergrollen erinnerte, die Luft erzittern. Amys Körper war umgeben von einem gleißenden weißen Licht, in dem Purpurfunken tanzten. Die Menge schrie vor Entsetzen auf und wich zurück, manche bedeckten sogar die Augen, weil das Licht unerträglich hell wurde. Als es endlich in einem letzten Aufflackern der purpurnen Funken verschwand –

– war auch Amy verschwunden.

Oder auch nicht – denn Willow sah, wie die kleine dunkle Silhouette einer schlanken Ratte aus Amys heruntergefallenen Kleidern hervorkroch.

Auch Buffy hatte den fliehenden Nager bemerkt. »Hätte sie nicht erst mal uns retten können?« fragte sie zornig, während die Ratte zwischen den Füßen der Menge verschwand.

Das also war Amys Versuch, die Show aufzuhalten. Die Zuschauer nahmen bereits wieder ihre Plätze ein, begierig darauf, die große Hexenverbrennung hautnah zu erleben.

Dann holte Willow tief Luft, sammelte all ihren Mut und rief so laut sie konnte: »Ihr habt ja gesehen, was wir vermögen! Noch einen Schritt und ihr werdet alle zu spüren bekommen, was in meiner Macht steht!«

»Was hast du vor?«, flüsterte Buffy. »Willst du einen Bleistift auf sie zuschweben lassen?«

Trotz Buffys Zweifel kam es Willow so vor, als ob die Menschen um sie herum zögerten. Sie strengte sich an, noch drohender und kraftvoller zu schreien, bis ihr die Kehle wehtat. »Es ist eine wirklich große Macht!«

Buffy musste es auch aufgefallen sein, wie die Leute zurückwichen, denn nun beschloss sie, Willow zu unterstützen. Je mehr, desto besser. »Ja! Ihr werdet alle in Ungeziefer verwandelt werden – und ein paar von euch sogar in Fische! Ja, ihr dahinten werdet zu Fischen!«

Willow hätte vor Erleichterung auf die Knie sinken können – wenn die lästigen Seile sie nicht gehalten hätten –, als sie sah, dass ihre gemeinsamen Bemühungen tatsächlich Wirkung zeitigten. Die Menschen wichen vor dem Scheiterhaufen zurück, und selbst Mrs. Summers und ihre Mom schienen ihrer Sache nicht mehr so sicher zu sein.

»Vielleicht sollten wir lieber abhauen«, sagte jemand in der Menge, und Willow hörte zustimmendes Gemurmel.

»Aber ihr habt es versprochen ...«

Die hohe, liebliche Stimme eines Kindes übertönte alles, brachte die Menge in einer Weise zum Schweigen, wie es nicht einmal Amys Beschwörung vermocht hatte. Willow war so geschockt, dass sie einen Augenblick lang sogar vergaß, wo sie sich befand und was in Kürze geschehen sollte. War das wirklich der tote Junge von den MgO-Postern, der da vor der Menschenmenge stand und zu ihrer Mutter und Mrs. Summers sprach? Und neben ihm stand das Mädchen. »Ihr müsst die bösen Mädchen töten«, dessen schwaches, tonloses Stimmchen das sagte? Die Worte schwebten über den vor Schreck gelähmten Menschen wie ein Vorwurf, der ihnen ihr gebrochenes Versprechen zur Last legte.

8

»Ich kann's einfach nicht glauben, dass Sie so ein Zeug in Ihrer Wohnung horten«, sagte Cordelia angeekelt. »Es stinkt furchtbar.«

Giles überhörte ihre Worte und versuchte, ein bisschen mehr Speed aus seiner alten Kiste herauszukitzeln. Gleichzeitig bemühte er sich, Wörter in altertümlichem Deutsch aus der Erinnerung hervorzukramen. »Du musst den Eisenhut – das Blätterzeug – zerbröseln«, wies er Cordelia an. »Danach kannst du die Teufelswurzel zerstoßen.« Er verlangsamte das Tempo und bog links ab, senkte den Fuß wieder aufs Gaspedal. »Lüften sie den ... irgendwas. Schumer? Schluter?«

»Mein Gott«, murrte Cordelia. »Das macht mir ja die ganze Maniküre kaputt!« Sie sah ihn stirnrunzelnd an. »Was murmeln Sie denn da?«

»Das ist ein Teil einer Beschwörung«, erklärte er. »Auf Deutsch, aber ohne meine Bücher kann ich nicht ...«

»Was heißt das denn?«

»Es geht darum, einen Schleier zu lüften«, antwortete er. »Damit soll man Dämonen dazu bringen, sich in ihrer wahren Erscheinung zu zeigen, und das könnte – mit etwas Glück – ihren Einfluss zunichte machen.« Giles warf einen raschen, prüfenden Blick zu ihr hinüber. »Oh, du musst noch einen Tropfen Krötenstein in das Gebräu tun.«

Cordelia wühlte in dem kleinen Beutel herum, in den sie auf

seine Anweisung hin alles Mögliche gestopft hatte. »Das hier?« Neugierig roch sie daran. »Sieht aber nicht nach Kröte aus.«

Sie hatten es fast geschafft, nur noch ein, zwei Blocks. »Kann ja auch nicht«, gab Giles zerstreut zurück. »Es kommt aus dem Innern einer Kröte.«

Einen Augenblick lang sagte das junge Mädchen gar nichts, dann verzog es angewidert das Gesicht. »Ich hasse Sie.«

Oz war nicht ganz sicher, wie sie das erreicht hatten, aber irgendwie waren er und Xander in einem ihm völlig unbekannten Teil des Rathauses gelandet. Sie hatten einfach zu viele Ecken umrundet, Korridore durchrannt und Treppenauf- und -abgänge passiert. So hatten sie zwar ihre Verfolger abgehängt, aber sich auch ganz schön verirrt, sodass sie nicht mehr wussten, welchen Weg sie nehmen sollten. Und natürlich wussten sie nicht, wo inzwischen Willow und Amy stecken konnten. Sie befanden sich in einer Art Sackgasse.

Verzweifelt probierten sie es an den Türen, die ihnen irgendwie verheißungsvoll erschienen. Sie warfen sich dagegen. Natürlich waren alle zugesperrt.

Oz öffnete den Mund, um etwas zu sagen und zuckte erschrocken zusammen, als er unter ihren Füßen eine bekannte Stimme vernahm.

»Nein! Oh, Gott, helft uns!«

Oz riss die Augen auf. »Will?«

»Es klingt, als wäre sie genau ... unter uns?« Xander deutete auf einen riesigen Ventilator knapp unter der Decke. Sie tauschten einen kurzen Blick, dann kletterte Oz auf den Aktenschrank. Einen Augenblick später hatte er die Aluminiumabdeckung eingeschlagen und kroch in den Belüftungsschacht. Xander blieb ihm dicht auf den Fersen.

Willow sah den sich ausbreitenden Flammen zu und meinte, dass ihr Ende nun unausweichlich nahte.

Die kleinen toten Kinder waren immer noch im Raum. Trotz des reflektierenden Feuerscheins war ihre Haut blass und grau. Mit ausdrucksloser Miene wiederholten sie ihre eintönige Anklage.

»Sie haben uns wehgetan«, sagte das kleine Mädchen jammervoll.

»Verbrennt sie«, setzte ihr Bruder hinzu.

Buffy kämpfte vergebens gegen die starken Fesseln und versuchte verzweifelt, die Aufmerksamkeit ihrer Mutter zu erringen. »Mom, es sind Tote, die zu dir sprechen. Kapier das endlich!«

Doch Mrs. Summers stand wie hypnotisiert da und schaute in die Flammen. »Es tut mir Leid, Buffy.«

»Mom, sieh mich an!«, rief Buffy. »Du liebst mich! Du wirst es nicht verwinden können, wenn du diese Schuld auf dich lädst!«

Buffys Mutter schüttelte nur den Kopf. »Du hast es verdient«, sagte sie mit Nachdruck. »Du hast dich mit unnatürlichen Mächten abgegeben. Was wäre ich für eine Mutter, wenn ich dich nicht bestrafen würde?«

Obwohl sie es schließlich bis zum Rathaus geschafft hatten, merkte Giles schon sehr bald, dass die Schwierigkeiten jetzt erst anfingen.

Die Tür wurde zwar nicht bewacht, aber er wusste, dass es dadurch nicht leichter werden würde. Wahrscheinlich befanden sich die Wachen wie alle anderen in dem abgesperrten Rundbau und bejubelten das schauerliche Spektakel. Giles vernahm begeisterte Rufe jenseits der Tür. Doch diese Türen waren massiv. Er konnte nicht einmal erkennen, ob es Männer- oder Frauenstimmen waren. Sie mussten einfach hineingelangen!

Unschlüssig drehte er sich um. Da fiel sein Blick auf die ungeduldig wartende Cordelia, die die kleine Phiole mit dem angemischten Zaubergebräu in ihrer schmalen Hand hielt. Ohne erst um Erlaubnis zu fragen, streckte er die Hand aus und zog eine Haarklammer aus ihrer kunstvoll aufgesteckten Frisur.

»Autsch!« Sie funkelte ihn wütend an. »Da war'n Haare dabei!«

Giles ignorierte den Einwurf und kniete sich hin, sodass er das Türschloss in Augenhöhe hatte. Er steckte die Haarklammer hinein und schob sie vorsichtig vor und zurück.

»Meine Güte«, sagte Cordelia verächtlich. »In Ihrer Jugend waren Sie vermutlich so 'n richtiger kleiner Krimineller, was?«

Giles warf ihr einen genervten Blick zu. »Schhhh!« Wenn er es nur schaffte, diesen letzten kleinen Haken zu erwischen ...

Immer neue Hitzewellen schlugen Willow ins Gesicht, bis gelbe Funken vor ihren Augen tanzten. Es waren die ersten Warnzeichen einer beginnenden Ohnmacht. »Buffy«, flüsterte sie und schaffte es kaum, den Kopf zu drehen. »Ich ... ich kann's nicht aushalten – es ist zu heiß!«

Buffy blickte traurig zu ihr hinüber. »Es tut mir so Leid, Will. Wenn es mich nicht gäbe, wäre all das nicht passiert. Wir würden nicht –« Plötzlich brach sie ab. Willow zwang sich, ihrem Blick zu folgen. Dort, ganz da hinten, ging die Tür des Haupteingangs auf, und Giles und Cordelia schlüpften herein.

Wieder traf eine Hitzewelle ihr Gesicht. Willow schaute nach unten und sah ein Buch direkt vor ihren Füßen in Flammen aufgehen.

Ja, Giles und Cordelia waren ihnen zu Hilfe geeilt.

Aber würden sie es schaffen?

Giles erstarrte bei dem Anblick, der sich ihm bot, als er und Cordelia den Rundbau betraten.

Wären da nicht die Scheinwerfer der Außenbeleuchtung des Rathauses gewesen, die durch Milchglasfenster in den Rundbau hereinschienen, hätte Giles geglaubt, dass sie zufällig in eine mittelalterliche Hexenverbrennung geraten wären. Da standen drei Richtpfähle. Buffy und Willow waren wie Hühnchen, die gegrillt werden sollten, daran festgebunden. Wahrscheinlich war der dritte Pfahl für Amy bestimmt gewesen. Giles konnte sich allerdings nicht vorstellen, wie sie es geschafft hatte, zu entkommen.

Auf dem Boden vor den Richtpfählen lagen stapelweise Bücher. Es waren zweifellos seine eigenen, aber auch noch andere, die die MgO-Mitglieder in der ganzen Stadt konfisziert hatten. Nun waren sie Brennmaterial für die Flammen, die schon gefährlich nah emporzüngelten. Den unglaublichsten Anblick aber boten Joyce Summers und Sheila Rosenberg, die wie hypnotisiert ihre Kinder anstarrten.

Giles suchte rasch den Saal ab und entdeckte an einer Wand einen Kasten mit einem Löschschlauch darin. Er zeigte ihn Cordelia und nahm an, sie würde einfach die Tür des Kastens öffnen und den Schlauch herausnehmen. Das war natürlich falsch gedacht – aus irgendeinem Grund, den nur ein Teenager kennt, fand Cordelia es angebracht, die Tür einzuschlagen.

Das laute Klirren löste die Zuschauer aus ihrer Erstarrung, aber Giles hatte keine andere Wahl – er musste Cordelia die

Rettung Buffys und Willows überlassen und mit der Beschwörung beginnen. Verflixt noch mal, auf Englisch kannte er die Worte natürlich, aber sein Deutsch war nie sehr gut gewesen. Er konnte nicht in deutscher Sprache denken. Um einen Text aber sprechen zu können, besonders, wenn man sich des Inhalts nicht sicher war, musste man ihn zuerst Wort für Wort auf Englisch durchgehen. Also:

Demons, show yourselves, sagte der Wächter vor sich hin. I call on the powers of Hecate, queen and protectress of witches, to strip away the masks. Let evil wear an evil face –

»Äh, Dämonen zeigen sich«, rief Giles und hoffte verzweifelt, dass er die Worte in der richtigen Reihenfolge sagte. *»Ich um die Energien von Hekate heraufbeschwören, Königin und Schützer von der Hexen, zu Streifen weg die Masken. Lassen Sie Übel ein übles Gesicht anzeihen.«*

»Haltet sie auf!«, schrie Joyce.

Ein Dutzend Menschen oder mehr fuhren zu ihnen herum, aber Cordelia hatte schon den Schlauch aus dem Kasten gezerrt und den Absperrhahn an seinem Ende aufgedreht. Als die Angreifer auf sie und Giles zustürmten, hielt sie sie mit Wasserkraft in Schach. Cordelia richtete den Strahl gegen die Angreifer, die in Scharen zu Boden zu stürzten. In der Zwischenzeit versuchte Giles, seine Entschleierungs-Beschwörung fortzusetzen.

»Buffy!«, hörte er Willow heulen. »Ich brenne!«

»Cordelia, lösch das Feuer!«, übertönte Buffy die Schreie der Menge. Einen quälenden Augenblick lang guckte Cordelia sie nur verdutzt an, aber dann richtete sie den starken Wasserstrahl entschlossen auf die Flammen, die die Füße zu verbrennen drohten.

Als das Feuer nach und nach erlosch und Cordelia den Hahn wieder zugedreht hatte, teilten sich auf einmal Rauch und Menschenmenge. Einen Moment lang wollte Giles die

Stimme versagen: Er sah die beiden Kinder – die toten Kinder – aus der Menge treten und auf sich zukommen. Sie sahen aus, als wollten sie ihn verfluchen. Er versuchte, schneller zu denken, schneller zu übersetzen – *Hecate implores you, lift the veil, lift the veil, hide not behind false faces* – doch dann sprudelte er den Rest einfach nur hervor, so gut er eben konnte: *»Hekate Sie inständig bitten. Heben Sie den Schleier an. Heben Sie den Schleier an. Verstecken Sie sich nicht hinter falschen Gesichtern!«*

Und mit diesen letzten Worten der Beschwörung warf Giles den beiden Kindern die Glasphiole vor die Füße.

Das schmale Gefäß zerbrach, und das Gebräu spritzte hoch. Rauch trat hervor. Die Kinder wichen zurück, wandten sich einander zu und umarmten sich. Sogleich verschmolzen die kleinen Körper zu einem einzigen, der immer größer wurde, bis ein Wesen vor der entsetzten Menschenmenge stand, das keinerlei Ähnlichkeit mehr mit den beiden Mordopfern hatte.

Was nun zu sehen war, war groß, behaart und unglaublich Furcht erregend.

»Okay«, meinte Cordelia mit versagender Stimme. »Ich glaube, mir haben die beiden Kleinen besser gefallen als dieser Große da.«

Der scheußlich anzusehende Dämon war mindestens zwei Meter groß, hatte spitze Ohren, drahtige Haare, die überall herausschauten, und Wunden und Warzen am ganzen Körper. Rote Augen glühten über der langen Nase, der Mund war voller spitzer, scharfer Zähne. Im Unterkiefer hatte er zwei stoßzahnartige Hauer. Seine knochige Brust hob und senkte sich. Er wirbelte zu der Menge herum und fauchte: »Schützt uns! Tötet die bösen Mädchen!« Seine Stimme klang wie ein Reibeisen.

Statt ihm zu gehorchen, rannten die Leute voller Panik davon. Nur Joyce und Sheila blieben wie angewurzelt stehen und starrten das Wesen ungläubig an.

»Weißt du was?«, rief Buffy höhnisch. »In der Aufmachung bist du nicht besonders überzeugend.«

Hilflos sah Giles zu, wie der Dämon, ob seines Versagens außer sich vor Wut, Buffy angriff.

Buffy zuckte zusammen, warf sich zur Seite und schaffte es endlich, den dicken Pfahl, an den sie gebunden war, abzubrechen. Sie beugte sich nach vorn und ging in Kampfhaltung. Mit einem Knurren griff der Dämon an. Der Zusammenstoß ließ Buffys Körper erzittern.

Doch dann ... war es plötzlich vorbei, und Giles und die anderen begriffen, dass die Jägerin ihre Behelfswaffe – den Pfahl, mit dem sie gerichtet werden sollte – in den Hals des höllischen Dämons getrieben hatte ...

Mit dem Gesicht nach unten und unfähig, sich wieder aufrichten zu können, blieb Buffy nichts anderes übrig, als den Kopf zur Seite zu drehen, um etwas zu erkennen. »Hab ich ihn erwischt? Hab ich ihn erwischt?«

Giles wollte eben auf sie zugehen, da brach die Decke über den Richtpfählen durch. Zwei Gestalten stürzten zusammen mit Teilen einer zerstörten Ventilatorabdeckung herab und landeten mitten in den durchweichten Überresten der verbrannten Bücher –

Oz und Xander.

Xander war zu verdattert, um etwas zu sagen, aber Oz drehte sich in dem Müllhaufen herum, bis er zu Willow hochblickte. »Wir sind gekommen, um dich zu retten«, sagte er.

Epilog

Willow hockte im Schneidersitz auf dem Boden vor dem Bett. Buffy saß ihr gegenüber und legte sorgfältig die Ingredienzen für den Zauber zurecht. Sie hatte die üblichen Dinge genommen – Kerzen, Kräuter und getrocknete Wurzeln und eine kleine Schale, in der sie alles verbrennen konnte. Nun waren sie fertig.

Buffy betrachtete das Arrangement mit kritischem Blick. »Hat deine Mom nichts dagegen, wenn du das im Haus machst?«

Willow grinste ihre Freundin an. »Sie weiß es gar nicht.«

»Aha.« Buffy warf ihr einen verständnisvollen Blick zu. »Also wie immer?«

»Irgendwie schon.« Willow zuckte die Achseln und fügte den Zutaten in der Schale noch ein Quäntchen einer besonderen Kräutermischung hinzu. »Sie hat jetzt auch eine Art selektive Erinnerung entwickelt, so wie deine Mom früher.«

Buffy hob die Augenbrauen. »Sie hat alles vergessen?«

Jetzt grinste Willow bis über beide Ohren. »Nein. Sie erinnert sich noch daran, dass ich mit 'nem Musiker zusammen bin. Oz muss nächste Woche zum Dinner kommen.« Sie warf Buffy einen listigen Blick zu. »Irgendwie kriegt sie jetzt allmählich doch was mit.«

Die Freundin nickte, dann lehnte sie sich zurück. »Okay – sollen wir es noch mal versuchen?«

»Ja«, sagte Willow bestimmt. »Ich glaube, diesmal haben wir die richtige Kräutermischung.«

Buffy beugte sich vor und ließ einen kleinen Ballen brauner Haare in die Schale fallen. Dann zündete sie die Mixtur mit einem Streichholz an. Eine dicke Wolke rosafarbenen Rauches stieg auf und hüllte die beiden Mädchen ein.

»Hekate – hiermit gebe ich dir die Erlaubnis, dich zurückzuziehen«, intonierte Willow. »Göttin aller Kreaturen, groß und klein, ich beschwöre dich: Ziehe dich zurück!«

Als der Rauch sich endlich verzogen hatte, schauten Buffy und Willow hoffnungsvoll zur Seite.

Und dort saß immer noch die Amy-Ratte. Sie hatte sich aufgesetzt und schaute sie mit zitternden Schnurrhaaren und erwartungsvollen Augen an.

Buffy blickte zu Willow, dann wieder zur Ratte. Willow zuckte erneut die Achseln.

»Vielleicht sollten wir ihr eines dieser Laufrädchen besorgen«, meinte Buffy.

TAGEBUCHEINTRAG:

Ich hab's doch geschafft, mein Computer-Tagebuch nicht zu vernachlässigen. Obwohl mein letzter Eintrag noch gar nicht so lange her ist, gibt es schon wieder eine Menge zu erzählen.

Zum Beispiel, dass Giles gefeuert worden ist.

Nein, nicht aus seinem Job. Er ist immer noch unser Bibliothekar. Und wenn man ihn mal medizinisch durchchecken würde, käme bestimmt heraus, dass Bücher (besonders die wirklich alten) Bestandteile seiner DNA sind.

Nein, im Ernst, er wurde ausgerechnet von dem RAT DER WÄCHTER an die Luft gesetzt – ist das zu glauben? Von einem Haufen alter … nein, steinalter … englischer Knacker, die irgendwo jenseits des Atlantiks an einem Tisch sitzen, Tee trinken und Entscheidungen treffen, obwohl sie doch gar nicht wissen, womit wir uns tagtäglich herumschlagen müssen.

Offensichtlich gibt es einen Test, der Cruciamentum heißt, und den die Jägerinnen an ihrem achtzehnten Geburtstag bestehen müssen – als ob Jägerinnen nicht schon an sich ein viel zu kurzes Leben hätten! Giles sollte Buffy etwas einflößen, um ihre Kräfte zu betäuben und sie dann mit einem Psycho-Vampir einschließen.

Eigentlich brauche ich es gar nicht zu sagen: Giles hat natürlich gekniffen und Buffy die ganze Sache verraten. Er konnte es einfach nicht verantworten, dass ihr etwas geschieht und ist deshalb gefeuert worden. Der Rat der Wächter meinte, er kümmere sich zu viel um Buffy. Als ob das ein Grund wäre!

Und jetzt haben wir Wesley Wyndam-Pryce – auch Engländer, aber jünger als Giles und nicht gerade ein Stachel im Fleisch des Bösen. Seltsamerweise fühlt sich wohl ausgerechnet Cordelia zu ihm hingezogen.

Buffy hört nicht auf ihn, und Faith wollte von Anfang an nichts mit ihm zu tun haben.

Ach ja ... Faith. Noch so ein Problem. Eine Zeit lang waren sie und Buffy richtig gute Freundinnen, und ich fühlte mich schon ein bisschen wie das fünfte Rad am Wagen. Aber dann unterlief ihr ein Missgeschick und sie tötete Allan Finch, den stellvertretenden Bürgermeister – einen Menschen. Als sie ihren Fehler erkannte, bedauerte sie ihn nicht einmal, sondern schob alles Buffy in die Schuhe. Doch Giles hatte ihre Lügen schnell durchschaut.

Im Augenblick herrscht so eine Art Waffenstillstand zwischen Faith und Buffy, aber wer weiß, was noch alles geschehen wird.

Cordelia hat offenbar einen neuen Fan. Es ist ein Mädchen namens Anya, das so schick angezogen ist wie sie selber. Ich glaube, sie kommt von einer anderen Schule – was mitten im Schuljahr ein bisschen ungewöhnlich ist. Aber Cordelia tut es wahrscheinlich ganz gut, eine neue Bewunderin zu haben. Denn ihre Freunde schneiden sie, seit herausgekommen ist, dass sie mit so einem Loser wie Xander zusammen war – von dem sie dann auch noch betrogen wurde.

Wir haben's immer noch nicht geschafft, Amy wieder in einen Menschen zu verwandeln. Obwohl ihr Zauberspruch doch so einfach zu sein schien: »– lasse vor dir kriechen die unreine Kreatur –«, aber es gelingt mir nicht einmal, den Spruch in sein Gegenteil zu verkehren. Warum musste sie auch so einen dunklen, schwer verständlichen Spruch benutzen? War das ihr unbewusstes Ich? Hat sie sich deshalb in eine Ratte verwandelt und nicht in eine Katze, oder in ein süßes kleines Kaninchen? Ich meine, warum hat sie bloß nicht so etwas gesagt wie: »... lasse vor dir laufen das weiche weiße Wesen« oder: »... fliehen das rasche Raubtier?« Verdammt noch mal, alles wäre besser gewesen, als in eine Ratte verwandelt zu werden. Na ja, ausgenommen 'ne Schlange vielleicht.

Was ich damit sagen will: Ich frage mich manchmal, was alles in einem Menschen verborgen ist, und vor allem in demjenigen, den man am besten zu kennen glaubt ... Und ich frage mich auch, was vielleicht alles in mir steckt ...

Akte:
Doppelgängerland

Prolog

An den Wänden eines schwach erhellten Raumes flackerte der Schatten eines Kerzenlichtes. Der schwere Duft von Räucherstäbchen hing in der Luft. Der Dämon D'Hoffryn, eine prächtig anzusehende Ausgeburt der Hölle, saß im Schneidersitz auf einem steinernen Altar und blickte auf die Frau hinunter, die ihn gerufen hatte.

Dem Anlass angemessen, strahlte sein bleiches, zerfurchtes Gesicht arges Missfallen aus. Die Augen glitzerten böse: »Bitte nie wieder darum!«

Anya kniete auf dem kalten Boden und spürte, wie sich ihr Magen vor Verzweiflung verkrampfte. »A-aber ...«

»Deine Macht war ein Geschenk der niederen Wesen. Du hast dich ihrer unwürdig erwiesen.«

»Man hat sie mir geraubt!«

»Weil du unvorsichtig warst«, zischte D'Hoffryn.

Stolz richtete sich Anya auf. »Tausend Jahre lang habe ich der Macht des Fluches gedient. Ich habe Verderben über die Köpfe der Ungläubigen gebracht, Zerstörung und Verwirrung zur Freude der niederen Wesen gesät. Man fürchtete und betete mich an in der Welt der Sterblichen – und jetzt hänge ich an dieser High-School von Sunnydale fest!« Sie verzog verächtlich den Mund. »Als Sterbliche – als kleine Schülerin!« Bekümmert fügte sie hinzu: »Und ich werde in Mathe durchrasseln!«

D'Hoffryn winkte abwehrend mit seiner Klauenhand, wobei die drei Zacken seines Bartes wackelten. »Das geht uns nichts an. Du wirst dein sterbliches Leben zu Ende leben und dann sterben.«

»Gebt mir noch eine Chance!«, flehte Anya. »Ihr könnt doch den Stoff der Zeit falten und mich zurückschicken an jenen Ort. Ich werde nicht noch einmal versagen.«

Der Dämon hob den Kopf und funkelte sie bitterböse an. »Deine Zeit ist vorüber«, sagte er.

Anya fühlte die Verzweiflung in sich hochsteigen. »Habt Ihr eine Ahnung, wie langweilig Zwölftklässler sein können?« Als er sie nur völlig desinteressiert anschaute, stand sie auf. »Ich werde meine Macht zurückbekommen«, verkündete sie wütend. »Und wenn Ihr mir nicht helft, dann, bei allen Göttern der Verderbnis, werde ich jemand anderen finden!«

Sie stürmte aus dem Raum, ohne einen Blick zurückzuwerfen.

1

Tage wie dieser, dachte Willow, können einen glauben machen, dass Sunnydale ein ganz normales Städtchen ist.

Sie lag auf dem Bauch im Gras, die Ellenbogen aufgestützt, und wippte mit den gekreuzten Beinen lässig vor und zurück. Herrliches Wetter – nicht zu kalt, nicht zu heiß, sondern genau richtig. Der Himmel war ein bisschen bedeckt, sodass sie nicht gegen die Sonne blinzeln musste und sich stattdessen voll und ganz auf den Bleistift konzentrieren konnte, der nur ein paar Zentimeter vor ihren Fingerspitzen auf dem Rasen lag.

Konzentrieren ...

Konzentrieren ...

Ja!

Er begann zu schweben. So wie Willow es wollte. Als er sich genau vor ihrer Nasenspitze befand, sammelte sie ihre Gedanken und ließ den Bleistift wie ein Windrädchen kreisen.

»Der Seelenklempner vom Rat der Wächter steht schwer auf Tests«, bemerkte Buffy, die unter einem schattigen Baum ein paar Meter weiter ihre Sit-ups absolvierte. Willow hatte es längst aufgegeben, sie zu zählen. »Er kennt wirklich sämtliche Tests – den Thematischen Apperzeptionstest, Rorschach, Assoziative Logik ...« Endlich beendete sie ihre Übung und setzte sich auf. »Da gibt's auch diesen Test, der feststellt, ob du verrückt bist: Du wirst gefragt, ob du schon mal Stimmen gehört hast oder jemals Floristin werden wolltest.«

»Oh!«, rief Willow aus und drehte den Kopf zu Buffy. »Ich wollte früher mal – warte: Floristin-werden bedeutet *verrückt* zu sein, stimmt's?« Mit Nachdruck schüttelte sie den Kopf. »Das wollte ich nie werden.«

Buffys Blick war auf den Bleistift gerichtet, der sich noch immer träge in der Luft drehte. »Sauber!«

»Danke«, sagte Willow grinsend. »Man muss nur seine Gefühle unter Kontrolle behalten. Und, natürlich den Zauber beherrschen.« Da fiel ihr etwas ein. »Hey, sollen wir zur Espressobar gehen und unseren Zuckerspiegel mit Mokkas auffüllen?«

»Ich passe«, gab Buffy zurück. Sie fing an, ihre Sachen in die Sporttasche zu packen. »Ich muss jetzt ins Schwimmbad und ein paar Runden drehen.«

Willow sah sie neugierig an. »Woher dieser plötzliche Drang nach Gymnastik? Bist du nicht von Natur aus taff, Buff?« Sie kicherte über ihren kleinen Reim. »Taff Buff!«

Aber Buffys Lächeln war alles andere als begeistert. »Tja, wir müssen auch viele Sporttests absolvieren. Rumrennen und so. Sie machen Reflexmessungen und Präzisionstraining. Du weißt schon. Und ich will einfach nur ... etwas ...«

»Besser als Faith abschneiden?«, beendete Willow den Satz.

Buffy sah beschämt aus. »Ich weiß, das ist dumm.«

Willow setzte sich ebenfalls auf. »Wettbewerb ist etwas Natürliches und Gesundes«, sagte sie. »Außerdem wirst du sie sowieso bei den Psycho-Tests schlagen. Du darfst nur nicht das Feld ankreuzen, in dem steht: ›Manchmal möchte ich Menschen umbringen‹.«

Buffy rang sich ein trauriges Lächeln ab. »Ich weiß ja, dass Faith nie als leuchtendes Vorbild auf die Titelseite von *Psychologie heute* kommen wird, aber sie hat's wirklich schwer gehabt. Unter ähnlichen Umständen hätte es mir auch so ergehen können.«

»Das stimmt gar nicht«, wandte Willow ein.

Buffy schaute zu Boden. »Wir können uns unsere Eltern nicht aussuchen.«

»Nein«, widersprach Willow. »Du bist du und sie ist nun einmal Faith. Manche Leute schaffen es einfach nicht.«

Buffy fuhr sich mit der Hand durchs Haar, dann schulterte sie ihre Sporttasche. »Hör mal, es tut mir Leid. Ich weiß, dass du nicht gern über Faith sprichst.«

»Nein, das ist schon in Ordnung«, versicherte Willow.

»Nein, ehrlich«, beharrte Buffy. »Wir sollten einfach –«

»Nein, es macht mir echt nichts aus«, sagte Willow mit Nachdruck. »Ganz ehrlich.«

Einen Augenblick schwieg ihre Freundin. Dann: »Äh ... Will?«

Willow folgte Buffys Blick. Der Bleistift, der immer noch in der Luft schwebte, bewegte sich wie eine Rasenmäherklinge: Er drehte sich so schnell um die eigene Achse, dass man nur noch einen kreisförmigen verschwommenen Fleck erkennen konnte.

»Ohhh«, machte sie kleinlaut. Dann versuchte sie, ihre Gedanken zu kanalisieren und den Bleistift zu stoppen. Sie erreichte damit aber nur, dass er durch die Luft sauste und sich mit der Spitze in den Baumstamm bohrte.

»Gefühle unter Kontrolle?«, fragte Buffy leicht amüsiert.

Willow zuckte zusammen. »Ich ... arbeite noch daran.«

Das Büro von Direktor Snyder –

oder der Friedhof von Sunnydale um ungefähr zwei Uhr nachmittags ...

Willow konnte sich wirklich schwer entscheiden, wo sie lieber wäre. Hier auf dem Stuhl, genau vor Snyders Schreibtisch, erschien ihr der Friedhof von Sunnydale so angenehm wie

Hawaii im Januar. Neben ihr lümmelte sich Percy West, der führende Basketball-Spieler der Schule – und die größte intellektuelle Niete.

»So weit es mich betrifft, ist dies eine Heirat, die im Himmel geschlossen wird«, sagte Rektor Snyder zu den beiden, während er seinen Mantel am Garderobenständer in der Ecke aufhängte. »Willow Rosenberg verkörpert trotz ihrer fragwürdigen Freunde die akademische Elite der Sunnydale High und Percy West erreicht die dreifache Punktzahl durch das Schießen von Toren jenseits der Drei-Meter-Linie.« Der boshafte kleine Mann schlug Percy kumpelhaft auf die Schulter, bevor er sich in seinen Sessel setzte.

Willow schluckte und verkrampfte die Hände. »Ich ... ich bin mir nicht sicher, ob ich das mit der Heirat verstanden habe.«

Der Rektor schaute sie mit einem milden Lächeln an. »Du hast den Kopf, er das Durchsetzungsvermögen. Das sind doch perfekte Voraussetzungen.«

»Voraussetzungen?« Willow warf Percy, der sich an der Schläfe kratzte, einen nervösen Blick zu. »Sie wollen, dass wir ... Kinder kriegen?«

Snyder überhörte das. »Ich will, dass du ihm Nachhilfe gibst. Percy rasselt sonst in Geschichte durch.« Er lehnte sich zurück und faltete die Hände. »Nichts scheint ihn motivieren zu können.«

»Hey«, sagte Percy, der sich nun dazu entschlossen hatte, etwas zum Gespräch beizutragen. »Provozieren Sie mich nicht.«

Snyder war nicht zu beeindrucken. »Du bist faul, verzogen und egoistisch. Das ist keine Provokation.« Statt darauf zu antworten, wischte sich Percy den Mund an seinem Ärmel ab. »Aber wir müssen in diesem Jahr gewinnen«, fuhr Snyder fort, »besonders nach dem Debakel der Schwimmer im letzten Jahr. Ich kann es mir nicht leisten, unseren Punktemacher auf der

Ersatzbank sitzen zu haben.« Er sah Willow eindringlich an. »Also wirst du ein bisschen Lehrerin spielen. Ich weiß doch, wie sehr es dir gefällt, andere zu belehren.«

»Aber ich habe doch selber genug zu tun«, protestierte Willow.

»Du hast von jeder Universität des Landes eine Einladung bekommen«, fiel Snyder ihr ins Wort. »Deiner akademischen Laufbahn steht nichts im Weg.«

Percy entdeckte etwas überaus Interessantes an der Decke, während Willow unbehaglich auf ihrem Stuhl herumrutschte. »Ja, aber ich hab doch Kurse, und ich will nicht –«

»Rosenberg, es ist an der Zeit, dass du der Gemeinschaft etwas zurückgibst«, säuselte Snyder widerlich süß. Er baute sich vor Willow auf. In diesem Moment kam er ihr riesig vor. »Ich weiß, dass du deine Schule in dieser Angelegenheit unterstützen wirst. Frag mich ruhig, woher ich das weiß.«

Willow wusste, dass die Frage zwecklos war, musste sie aber dennoch stellen. »Woher wissen Sie das?«

Rektor Snyder sah sie unbarmherzig an. »Ich weiß es eben.«

Es war so gemein: Percy West konnte gelangweilt dasitzen, während sie das Gefühl hatte, Snyder habe mit einem Monat Arrest gedroht, wenn sie nicht das tat, was er ihr befahl.

»Also hat er dir gedroht?«, fragte Buffy ungläubig. »Und womit?«

»Es war eigentlich nicht das, was er gesagt hat«, erklärte Willow, als sie zusammen mit Buffy die Bibliothek betrat. »Es stand eher in seinen Augen. Ich meine, seine Nasenflügel haben schon gezittert ... aber hauptsächlich waren es seine Augen.«

Was für ein Pech für die Freundin. Buffy war so wütend. »Snyder braucht einen Tritt in den Hintern.«

»Oh, nein, Buffy, bring dich nicht auch noch in Schwierigkeiten!« Willow ließ ihre Bücher mit einem Plumps auf den Tisch fallen.

»Ich hasse es, wie er die Leute immer rumkommandiert. Er meint, für ihn hätten alle Zeit.«

»Willow«, sagte Giles hinter ihnen. Sie drehte sich um und sah ihn aus dem Büro kommen, einen Lolly mit Kirschgeschmack in der Hand. »Setz dich an den Computer. Ich möchte, dass du noch mal versuchst, Zugriff auf die Dateien des Bürgermeisters zu bekommen.«

»Okay«, sagte Willow bereitwillig und legte ihre Tasche ab, bevor sie hinter die Theke ging und sich an den Computer setzte. Ein guter Platz, fand sie, weil sie gleichzeitig am Computer arbeiten und doch mitbekommen konnte, was sonst noch vor sich ging. So bekam sie auch mit, wie Faith in die Bibliothek rauschte. Wesley taumelte hinter ihr her.

»Tja«, begann Faith fröhlich. »Das war vielleicht ein Spaß!«

Giles sah sie forschend an, dann schaute er zu Wesley. »Wie war es?«

»Unsere kleine Prinzessin Margaret hier hatte ein wenig Mühe mitzuhalten«, sagte Faith verächtlich. Als Willow aufblickte, fand sie, Faith sehe seltsam frisch aus, überhaupt nicht wie jemand, der gerade Sporttests absolviert hatte.

»Wie ist es gelaufen?«, fragte Giles noch einmal. Er wandte sich demonstrativ an Wesley.

»Faith ... hat sich auf dem Hindernisparcours wirklich gut gehalten«, gab Wesley schließlich zu, unterbrochen von keuchenden Atemzügen. »Und ihre ... Reflexe werden auch immer ... besser.« Er sog tief die Luft ein und schaute, ungeachtet seiner schlechten Verfassung, die dunkelhaarige Jägerin von oben herab an. »Körperlich ist sie in blendender Verfassung. Obwohl immer noch ein bisschen lasch.«

Willow sah den bösen Blick, den Faith Wesley zuwarf, aber

bevor sie etwas sagen konnte, fragte Giles: »Fühlen Sie sich jetzt stark genug, um mit Buffy zu beginnen, oder soll ich das tun?«

»Nein, nein«, wehrte Wesley mit heftigen Atemzügen ab. »Geht schon wieder. Geben Sie mir nur eine Minute ... und ein Herzmittel, wenn es nicht zu viel Mühe macht.«

Faith grinste Buffy an. »Es wird dir gefallen, Buffy. Ist irgendwie spaßig ... nur ein wenig öde vielleicht.«

»Faith«, sagte Giles streng. »Diese Testergebnisse sind ein wesentlicher Bestandteil des –«

»Ich weiß«, unterbrach sie ihn plötzlich zerknirscht. »Bin ja mit an Bord. Kann ... nur nicht die Klappe halten.«

»Ich sollte mich jetzt besser umziehen«, meinte Buffy und ging zum Umkleideraum, während Giles und Wesley sich ins Büro zurückzogen.

Als Buffy an Faith vorbeiging, glaubte Willow nicht recht zu sehen: Die Rivalin streckte die Hand aus und berührte Buffy an der Schulter. »Viel Glück.«

Buffy lächelte als Erwiderung und machte sich auf den Weg. Faith drehte sich um und wanderte zur Theke. Einen Moment später hüpfte sie hinauf, setzte sich und sah auf Willow herunter, die unbeirrt auf der Tastatur herumhackte. »Was machst'n da?«

»Ich versuche, Zugriff auf die persönlichen Dateien des Bürgermeisters zu bekommen«, antwortete Willow mit gezwungener Höflichkeit. Verdammt, sie fühlte sich einfach nicht wohl mit Faith.

Überrascht blinzelte Faith sie an. »Kannst du das denn?«

Willow zuckte die Achseln, sie war immer noch auf der Hut. »Er hat ein paar ganz vertrackte Hindernisse eingebaut.«

Faith schwieg einen Augenblick. »Kannst du sie überwinden?«

»Irgendwann werde ich durchkommen«, erwiderte Willow.

Faith sagte nichts darauf, und so machte Willow weiter. Sie versuchte, sich zu konzentrieren und fragte sich zerstreut, weshalb Faith plötzlich daran interessiert war zu erfahren, wie man den Computer für die Vampirjagd nutzen konnte.

2

»Nun«, sagte Bürgermeister Wilkins nachdenklich, während er die Informationen verdaute, die ihm Faith soeben überbracht hatte. »Das ist ja sehr interessant.«

»Ja, das hab ich mir auch gedacht.« Sie überlegte, warum Willow die Computerdateien des Bürgermeisters knacken wollte, konnte es sich aber nicht erklären. Stattdessen wirbelte sie herum und betrachtete neugierig die Wohnung, die der Bürgermeister wenige Augenblicke zuvor als ... ihre bezeichnet hatte. »Meinen Sie das im Ernst?«

»Natürlich«, erwiderte er mit Nachdruck. »Keine meiner Jägerinnen soll in einem wanzenverseuchten Hotel leben müssen. Solche Hotels haben einen sehr fragwürdigen Ruf. Dort werden unmoralische Liebschaften gepflegt.«

»Das hier ist echt der Wahnsinn!« Faith spazierte durch den riesigen, feudal eingerichteten Raum, bemerkte die lange, gepolsterte Chaiselongue und den Sessel im Wohnzimmerbereich sowie die kleine Essecke am großen geschwungenen Fenster. Überall waren Lampen. Und da hing sogar ein schwerer Sandsack, der mit einer Kette an der Decke befestigt war. Dort konnte sie ihr Training absolvieren. Toll!

»Deine alte Wohnung behalten wir trotzdem«, sagte der Bürgermeister. Es gefiel ihm zu sehen, dass sie sich über die neue Bleibe freute. »Wenn du Besuch von deinen Freunden bekommst, dann dort. Aber von jetzt an –«

Faith erblickte das Bett. Ein königlich breites Teil hinter blauen Schleiervorhängen. Sie rannte hin, sprang drauf und fing an, aufgeregt herumzuhopsen. Wie ein Kind im Süßkramladen, dachte sie unbekümmert. Ich krieg alles, was ich immer will!

»Oh, hey - hey!«, sagte Bürgermeister Wilkins tadelnd. »Die Schuhe - deine Schuuuhe!«

Gehorsam sprang Faith herab und kam genau vor dem Mann zum Stehen. Mit einem einladenden Lächeln trat sie dicht auf ihn zu und legte ihre Hände auf sein Revers. »Dankeschön, Sugar Daddy!«

Doch er sah sie nur stirnrunzelnd an. »Also, Faith, ich finde dein Verhalten nicht sehr amüsant. Ich habe Familie.« Er trat einen Schritt zurück, Faith ebenfalls. Sie war erleichtert. Doch als sie seine nächsten Worte vernahm, stockte sie. »Nun«, sagte er in aller Ruhe, »werden wir deine kleine Freundin töten.« Er hielt eine Hand hoch, als er ihr erschrockenes Gesicht sah. »Keine Sorge, ich werde dich nicht darum bitten, nicht, wo wir uns erst so kurz kennen. Außerdem könnte ich mir vorstellen, dass ein Vampirangriff ohnehin weniger verdächtig aussehen würde.«

Faith nickte, wusste aber immer noch nicht, was sie darauf sagen sollte. Willow töten? Konnte sie so etwas wirklich tun?

»Vorher«, fuhr Bürgermeister Wilkins mit einem Lächeln fort, »können wir uns ja mal den Rest der Wohnung anschauen, nicht? Wenn ich mich nicht sehr irre, kenne ich ein glückliches Mädchen, das jetzt Besitzerin einer Play Station geworden ist.«

Faith riss ungläubig die Augen auf. Sie hatte sich immer so etwas gewünscht. »Das gibt's doch nicht!«

Aber der Bürgermeister grinste sie nur an und nickte: »Gibt's doch!«

– während er sie in das andere Zimmer führte.

»Hey«, grüßte Oz.

Willow lächelte froh, als der Freund ihr auf dem Korridor entgegenkam. »Oz. Hi.«

»Du hast was an dir, das mich dazu bringt, dich in den Arm zu nehmen«, sagte er, während er sie umarmte. »Als ob ich keinen eigenen Willen mehr hätte.«

Willow konnte nicht umhin zu grinsen. Langsam gingen sie weiter den Gang hinunter. »Wo warst du eigentlich gestern?«, fragte sie.

»Wir sind erst spät zurückgekommen«, meinte er lässig. »Ziemlich spät.«

Willow hatte keine Ahnung, wovon er redete. »Wir? Wer? Wo?«

»Die Band«, erwiderte er. »Wir sind Sonntagabend in Monterey aufgetreten.«

»Ach ... ehrlich?« Himmel, konnte man noch mehr hinter dem Mond sein? »Wieso wusste ich nichts davon?« Sie musste fragen.

Aber Oz schaute sie nur verständnislos an. »Ich dachte, du wüsstest es.«

»Vielleicht wäre ich ja auch gern gekommen«, sagte Willow. Sie umklammerte ihre Bücher und versuchte zu verbergen, wie verletzt sie war.

Oz hob eine Augenbraue. »Hab nicht geglaubt, dass du die Schule verpassen wolltest«, sagte er.

Ein schrecklicher Gedanke überfiel sie. »Du hältst mich für langweilig.«

»Das ist aber eine sehr radikale Auslegung meiner Worte.«

Er sah sie ein wenig fragend an. Als sie nichts erwiderte, umarmte er sie erneut. »Wir spielen heute Abend im *Bronze.*«

Willow machte ein langes Gesicht. »Ich ... kann nicht. Zu viele Hausaufgaben.«

Oz nickte nur. »Wenn du früh genug fertig bist ...«, bot er an und beließ es schließlich dabei. Dann ging er in seine Klasse.

Sie sah ihm nach und überquerte dann den Hof. Während sie überlegte, ob sie schnell noch etwas aus ihrem Spind holen sollte, sah sie Percy West vor sich. Rasch eilte sie ihm nach.

Als er sie endlich bemerkt hatte und seine Schritte verlangsamte, grüßte sie: »Percy – hey. Hör mal, ich dachte, wir könnten heute zusammen in die Pause gehen und uns um dein Roosevelt-Referat kümmern, welche Bücher du brauchst und so.«

Percy warf ihr einen ungläubigen Blick zu, beschleunigte dann wieder seine Schritte. »Worüber redest du da?«

»Darüber, dass ich dir Nachhilfe geben soll«, erinnerte ihn Willow. »Zum Beispiel dein Referat in Geschichte?«

»Ach so, ja«, meinte Percy unlustig. »Snyder sagte ja, du würdest das übernehmen.«

Willow wäre am liebsten stehen geblieben, aber Percy ging einfach weiter. »Das hat er nie gesagt.«

»Bei welcher Besprechung warst du denn?«, fragte er mit süffisantem Grinsen.

»Hör zu«, sagte Willow entschlossen. »Ich besorge die Bücher, die du brauchst. Komm einfach in der Pause an meinen Tisch und wir –«

»Hab in der Pause keine Zeit«, unterbrach sie der Sportler. »Hab 'n Date.«

»Oh. Na dann –«

Endlich blieb er stehen und wandte sich ihr zu. »Was?«, fragte er sehr unhöflich. »Haste nix Besseres zu tun? Dann tipp's fein säuberlich ab und setz meinen Namen drunter.« Er wollte schon davonschlendern, blieb aber noch einmal stehen. »Und schreib nicht zu gut – das wär zu auffällig.«

Wie vom Donner gerührt stand Willow da, als er davonstolzierte. Dann stolperte sie zu einer Bank und ließ sich fallen. Also, der Tag fing ja super an, zuerst Snyder und Percy, und dann die Sache mit Oz. Griesgrämig streifte sie ihren Rucksack ab und wühlte darin, bis sie ihr Lunchpaket fand. Mit dem Vorsatz, eine endlich fällige Rebellion anzuzetteln, griff sie hinein und fischte die Banane heraus. »Die werde ich jetzt essen«, sagte sie leise. »Es ist noch nicht Mittag, aber das ist mir völlig egal.«

»Hey.«

Bevor sie anfangen konnte, die Banane zu schälen, hob sie den Kopf und sah Buffy und Xander vor sich. Beide schienen, im Gegensatz zu ihr, geradezu unverschämt glücklich zu sein.

Xander beugte sich vor. »Willow, hast du letzten Freitag daran gedacht, *Biography* aufzunehmen?«

Willow biss die Zähne zusammen. »Äh – ja.«

»Siehst du«, sagte Buffy herablassend zu Xander. »Ich hab's dir ja gesagt, sie ist unsere Verlässliche.«

Willow krampfte die Finger so fest um die Banane, dass diese Druckstellen bekam. »Oh, vielen Dank«, sagte sie bitter.

»Was ist los?«, fragte Buffy bestürzt.

»Die Verlässliche«, murrte Willow. »Ja, super. Das ist wirklich ein sexy Spitzname.«

Buffy schaute sofort betroffen drein. »Oh, Will, ich hab es doch nicht so gemeint.«

»Nein, ist doch in Ordnung.« Sie starrte ihre halb zerquetschte Banane an. »Ich bin eben die Verlässliche.«

Xander warf ihr ein dämliches Lächeln zu. »Sie meinte doch nur, du weißt schon – du bist wie dieser Geysir, der in regelmäßigen Abständen ausbricht.«

»Das ist der Treue«, belehrte ihn Willow.

Xander machte nun einen verwirrten Eindruck. »Ist das nicht der Hund, den dieser Kerl abschießen muss –«

Willow schnitt eine Grimasse. »Das ist der Schreihals – dieses Vieh von Disney.«

»Xander«, schaltete sich Buffy ein. »Ich flehe dich an: Versuch nicht, mir aus der Patsche zu helfen.« Sie wandte sich an Willow. »Will, ich meinte es nicht böse. Ich finde es toll, wenn auf einen Menschen Verlass ist.«

Jetzt reicht's. Willow schnappte sich ihren Rucksack und stopfte das Lunchpaket hastig hinein. »Tja, vielleicht möchte ich gar nicht immer so verlässlich sein«, schnauzte sie. »Vielleicht bin ich mehr als nur ein ... Fußabtreter. Oder das Hausaufgaben-Mädel.«

Xander schluckte vernehmlich. »Ich glaub, sie ist genervt.«

Willow stand auf und schulterte den Rucksack, dann hielt sie inne, um eine letzte Bemerkung fallen zu lassen. »Vielleicht werde ich meinen Look ändern«, sagte sie hitzig. »Ihr werdet schon sehen.« Sie fuchtelte wild mit der Banane herum. »Und ich esse diese Banane jetzt! Ob Pause ist oder nicht!«

Sie stolzierte davon, hatte aber noch keine drei Schritte getan, als sie merkte, dass Buffy ihr folgte. »Warte«, sagte die Freundin. »Es tut mir wirklich Leid. Ich –«

Willow hielt an und holte tief Luft. Das brachte Buffy zum Schweigen. Sie wartete, was Willow nun sagen würde. »Buffy«, sagte sie schließlich, »ich bin gerade dabei wütend davonzurauschen. Du verdirbst mir die ganze Wirkung, wenn du mitkommst.«

»Oh.« Buffy sah ganz unglücklich aus, blieb aber immerhin, wo sie war, und ließ Willow abziehen – und ein wenig von ihrem Stolz bewahren.

Willow war schon die Treppe hinaufgegangen, als eine fremde Stimme sie aufhielt. »Äh ... Willow?«

Sie drehte sich um. Das Mädchen, das am Fuß der Treppe stand, war eine Unbekannte. Es war schlank, hatte ein hübsches, ansprechendes Gesicht und eine modisch geschnittene Frisur. »Hi.«

»Anya«, sagte das Mädchen und zeigte mit dem Finger auf sich. »Ich bin neu an der Schule. Ich bin, äh, 'ne Freundin von Cordelia.«

»Ohh«, machte Willow mit absichtlich ausdrucksloser Miene. »Nett.«

Aber Anya war nicht dumm. »Ja, äh – hör mal«, beeilte sie sich die Verlegenheitspause zu überwinden. »Ich muss diese kleine Arbeit fertig stellen, und man hat mir gesagt, du wärst diejenige, die ich fragen könnte, falls –«

»Ja, die bin ich«, fiel Willow ihr ins Wort. Ihre Lippen zitterten. »Der verlässliche, treue Hund.« Tja, was soll's, dachte sie. Ich muss anfangen, mich daran zu gewöhnen. »Was möchtest du denn?«

Anya lächelte sie geheimnisvoll an und sah sich rasch um, als wolle sie sicher gehen, dass niemand sie belauschte. »Oh, nichts sonderlich Besonderes. Es geht nur um einen Zauber, den ich machen möchte.«

Auf einmal spitzte Willow die Ohren. »Einen Zauber? Oooh, ich liebe die dunklen Künste.«

Anya nickte begeistert. »Ich brauche eine Gehilfin, um eine Krümmung in der Zeit herzustellen. Wie ich hörte, bist du eine wirklich machtvolle Wicca und deshalb ...«

Willow musste grinsen. Zur Abwechslung war es mal richtig gut, dass jemand sie brauchte, und zwar als gleichberechtigte Partnerin und nicht als jemanden, der sowieso immer da war und den man deswegen als selbstverständlich hinnahm. »Da haben Sie richtig gehört, M'am«, sagte sie fröhlich. »Bin immer bereit, einen dunklen Zauber auszuführen oder ein Amulett zu schmieden. Sag mir doch«, fügte sie klugerweise hinzu, »ist es gefährlich?«

»Oh, nein«, versicherte Anya hastig.

Willow war ganz enttäuscht. »Na ja … könnten wir dann nicht so tun als ob?«

Sie warteten bis die Schule zu Ende war, dann schlüpften sie in eines der leeren Klassenzimmer. Alles schien bereit zu sein – Kerzen, Knochen, Kräuter, geweihte Steine und getrocknete Hühnerklauen waren sorgfältig auf dem Boden um einen weißen Porzellanteller arrangiert, auf dem sich die exakte Zeichnung einer Halskette befand.

»Diese Kette war über viele Generationen ein Familienerbstück, bis sie meiner Mutter gestohlen wurde«, erklärte Anya. Sorgsam schüttete das dunkelhaarige Mädchen gefärbten Sand in ein kleines Glas, während Willow die letzten Knochen und Amulette in die richtige Reihenfolge rückte.

»Wie funktioniert dieser Zauber?«, erkundigte sie sich.

»Wir rufen beide Eyrishon an, den Zeitlosen«, sagte Anya sachlich. Das flackernde Kerzenlicht schuf die passende Atmosphäre. »Wir beginnen mit der Standard-Anrufung. Dann bildet sich eine winzige Krümmung in der Zeit – das hoffe ich jedenfalls. Danach schütte ich den geweihten Sand auf die Zeichnung der Halskette, und Eyrishon schafft sie her – durch die Zeit, aus dem Raum, in dem sie verloren ging.«

»Cool«, meinte Willow. Es gefiel ihr, dass Anya mit ihr wie zu einer Gleichgesinnten sprach, die genau Bescheid wusste. Sie hatte zwar noch nie zuvor eine Krümmung in der Zeit hervorgerufen, glaubte aber genau zu wissen, was sie erwartete und sah keine Probleme.

»Natürlich«, fuhr Anya fort, »ist sehr viel Theorie dabei,

aber ich dachte mir, es ist einen Versuch wert. Sind wir so weit?«

Theorie? Das gab Willow doch Grund zu zweifeln ... aber schließlich war es nur eine Halskette, die sie wiederbekommen wollten. »Ich denke schon«, sagte sie daher.

Anya setzte sich bequem auf den Boden. Zwischen den beiden Mädchen war die Reihe der Kerzen und Amulette. Nachdem Anya Willow beruhigend zugelächelt hatte, schlossen beide die Augen. Anya streckte die rechte Hand aus, die Handfläche nach oben. »Eyrishon. K'shala. Meh-uhn«, intonierte sie.

Willow folgte ihrem Beispiel, hob die linke Hand und drehte sie so, dass ihre Fingerspitzen einander berührten. »Diprechat«, sagte sie. »Doh-tehenlo Nu-Eyrishon.«

Anya öffnete die Augen. »Das Kind zur Mutter«, sagte sie zu Willow.

»Der Fluss zum Meer«, erwiderte Willow feierlich.

Anya hielt die Schale vor sich und umfasste sie mit ihren Händen. Beide schlossen erneut die Augen. »Eyrishon, höre mein Gebet«, flüsterte Anya.

Einen langen Moment geschah gar nichts. Dann wurden beide von einer Lichtspirale umgeben, die wie eine elektrische Ladung aussah. Unter dem Einfluss einer unsichtbaren Macht zuckten sie zusammen.

Willows Augen klappten mit einem Ruck auf.

Bilder flogen vorüber. In einem riesigen Raum mit zerschmetterten Kisten und Brettern fand ein Kampf statt. Giles schlug sich mit einem weiblichen Dämon, dessen Gesicht sie nicht erkennen konnte. Buffy aber kämpfte gegen Vampire, die Xander und ihr selber erschreckend ähnlich sahen und rammte schließlich Xander den Pfahl in die Brust, sodass er zu Staub verfiel. Sie sah den MEISTER mit einem teuflisch verrunzelten Antlitz und rotem, scharfzahnigem Mund, und, ja, da war eine Halskette – Anyas Kette? – die glühend auf einem Tisch lag, bevor jemand einen schweren Stein auf sie niedersausen ließ.

Zwischen ihrer Vision und der Wirklichkeit gefangen, spürte Willow ihren Körper hin- und herschwanken. Anya versuchte, den Sand aus dem Gefäß zu schütten.

Und da war Oz, er kämpfte mit einem Vampir, der Ähnlichkeit mit ihr selbst hatte. Oz' Gesicht war voller Blut und sein Haar zerzaust, er stürzte sich auf die Blutsaugerin und hob sie hoch, schob sie auf einen spitzen Holzbalken zu, der aus der Wand hervorstand –

– aber es nützte nichts. Ihr rieselte der Sand durch die Finger, während ein Donnerschlag durch das Klassenzimmer hallte. Der Knall war so erschreckend, dass sie beide hochfuhren, und für einen Augenblick –

– nur

– für einen

– Augenblick

– hatten ihre Fingerspitzen den Kontakt verloren.

Der geweihte Sand rieselte nicht durch ihre beiden Hände, sondern nur durch Willows ausgestreckte Finger.

– doch der Vampir, der ihr Zwilling hätte sein können, riss sich aus Oz' Umklammerung los.

Dann war das Licht verschwunden. Willow und Anya fuhren schwer atmend auseinander.

Willow kroch rückwärts. »Das war – was war denn das?«

Sie sprang entsetzt auf die Beine. Anya jedoch gab keine Antwort. Sie kniete sich hin und suchte wie wild unter den Gegenständen, die auf dem Boden lagen. »Sie ist nicht dabei! Sie ist nicht da!«

Willow richtete sich auf. Ihr Atem kam in kurzen Stößen. »Okay ... das ist aber eine sehr schwarze Magie, und das mag ich nicht.«

Anya, immer noch auf den Knien, funkelte sie böse an. »Ach, sei doch nicht so ein Feigling!«

»Das war nicht bloß 'ne kleine Krümmung in der Zeit, das war irgendein verrückter, höllischer Ort«, protestierte Willow mit zitternder Stimme. »Ich glaube nicht, dass du mir alles gesagt hast!«

»Ich schwöre es«, brachte Anya mit zusammengebissenen Zähnen heraus. »Ich versuche bloß, meine Halskette wieder zu bekommen.«

Willow schaute sie anklagend an. »Du kannst ja in dieser Hölle unter dem Sofa nachschauen?«

Anya setzte sich auf und holte tief Luft, dann warf sie Willow ein scheues Lächeln zu. »Hör zu, wir versuchen's noch einmal, und wenn –«

»Nein! Das werden wir auf keinen Fall!«

Anya wurde wieder ärgerlich. »Ich kann es aber nicht alleine!«

»Und das ist auch gut so!«, schnauzte Willow zurück. Sie schnappte ihren Rucksack und schob ihre Hefte hinein. »Ich bin jetzt nämlich weg!«

»Na schön, geh doch!«, fauchte Anya. »Blöde Tussi!«

Willow beugte sich zu ihr hinab. »Ich glaube, diese Hühnerklauen gehören mir«, sagte sie tief verletzt. »Magie ist gefährlich, Anya. Keine Sache, mit der man herumspielen kann.« Beleidigt wandte sie sich ab. »Und wenn du mich jetzt entschuldigen würdest – ich muss noch die Hausaufgaben von jemand anderem erledigen.«

Sie war noch nicht ganz aus der Tür, als sie Anya wütend rufen hörte: »Nichts! Gar nichts!« Willow warf einen Blick zurück, aber als sie sah, wie Anya den handbemalten Teller nahm und auf den Boden schmetterte, hielt sie es für das Beste, sich still davonzumachen.

Sie kam auf dem Boden liegend wieder zu sich. Ein fernes Echo von etwas Zerbrochenem war in ihrem Ohr. Sie kannte diesen Ort, war erst vor wenigen Augenblicken hier gewesen, aber ... wo waren denn die anderen? Vampire und Menschen hatten doch miteinander gekämpft, Schreie und Flüche hatten die Luft erfüllt, es war so ein großartiger Spaß gewesen. Aber hier ...

Hier war alles leer.

Und langweilig – oder besser gesagt öde. Das war das richtige Wort dafür. Im ganzen Raum gab es keine Menschenseele – oder sonst irgendein Wesen. Für ihren Geschmack war alles viel zu friedlich hier. Ganz anders als ...

»Das ist ja verrückt«, sagte Willow, die Vampirin.

Ihre Worte hallten in dem leeren Raum wider. Sie stand auf und ordnete ihre Kleider – eine enge rote Satinkorsage, mit schwarzer Spitze besetzt, noch engere schwarze Lederhosen und Stiefel mit Plateausohle. Sie wusste zwar nicht, wo sie oder die anderen waren, aber das irritierte sie nicht sonderlich. Denn zum Glück hatte sie noch immer ihre Kraft und ihre geschärften Sinne. Wenn sie es wollte, würde die Ratte, die sich zu ihrer Linken hinter den Kisten versteckte, keine Chance haben. Da fiel ihr etwas anderes ein: Sie gab sich einen inneren Ruck und ließ die Zunge über ihre Zähne gleiten – sie waren immer noch schön spitz, und am spitzesten waren diejenigen, die sie am häufigsten benötigte.

Vamp-Willow grinste – wenn auch verhalten. Das Beste am Vampirinnen-Dasein waren schließlich die Zähne.

3

Hier stimmte etwas nicht. Irgendwas war grundverkehrt.

Mit niedergeschlagenen Augen, damit man ihre Verwirrung nicht sah, schritt Vamp-Willow durch die Straßen. Alles war viel zu hell – von dem wunderschönen Nachthimmel war nichts mehr zu sehen. Das Licht der Neonschilder und Laternen ergoss sich auf den Asphalt. Jugendliche schrien, aber nicht vor Angst. Sie alberten herum und spielten Tauziehen, redeten lebhaft und lachten so laut, dass Willow die Ohren wehtaten. Kinder rannten herum, Pärchen saßen in der Espressobar und hielten ein Schwätzchen. Es gab sogar alte Leute, die Arm in Arm dem strahlend hellen Eingang des Kinos entgegengingen. Wo war der Schrecken, die Angst vor den Wesen der Finsternis, die diesen widerlichen Menschenwesen aus jeder Pore strömen sollte?

»Entschuldigen Sie bitte, junge Dame –«

Willow fuhr herum und sah eine alte Dame, die ihre Greisenhand nach ihrem Ärmel ausstreckte. Sie wusste nicht, was die Oma von ihr wollte, war aber auch nicht sonderlich interessiert, es herauszufinden. Bevor die Frau sie berühren konnte, begann Willow zu knurren.

»Oh!«, quietschte die Alte und beeilte sich wegzukommen.

Es reicht, dachte Willow, die Vampirin. Wenn es überhaupt noch einen Ort in Sunnydale gab, wo sie vielleicht willkommen war, dann musste es das *Bronze* sein – also setzte sie sich dorthin in Bewegung. Aber als sie durch die Schwingtür schritt, wurde sie enttäuscht. Dort war es noch anheimelnder als auf den Straßen von Sunnydale – es war warm, und zwar ekelhaft warm, weil die Bude bis zum Bersten mit Menschen voll war... und jeder Einzelne von ihnen war quicklebendig.

Sie hatte gehofft, coolen Heavy Metal zu hören, doch stattdessen fand eine Karaoke-Nacht statt. Auf der Bühne produzierte sich eine blonde Tussi mit einschmeichelnder Stimme, der normalerweise keine Minute Auftritt erlaubt worden wäre, wenn die Dinge so laufen würden, wie sie eigentlich laufen sollten. Der Flipperautomat blinkte vergnügt, und um die Billardtische schoben sich massenhaft Teenager, die keine Sorgen zu haben schienen. Wo waren denn nur der MEISTER und seine Getreuen? Waren hier alle verrückt geworden? Wenn sie doch nur einen finden könnte –

»Hey!«

Vamp-Willow fuhr herum, als ein großer, dunkelhaariger Typ sie mit voller Wucht anrempelte. Er glotzte sie total erstaunt an. »Rosenberg? Was soll denn der Aufzug? Spielst du Halloween?«

Statt zu antworten, musterte sie ihn nur von Kopf bis Fuß, verwundert darüber, dass solch ein schwaches Menschlein so viel Mut aufbrachte. Von irgendwoher wurde der Junge gerufen: Percy. Der Name sagte ihr nichts.

Der Typ reckte das Kinn in die Höhe und schaute von oben auf sie herab. »Du solltest doch jetzt zu Hause hocken und mein Geschichtsreferat schreiben«, behauptete dieser Percy. »Wenn ich in dem Fach sitzen bleibe, wirst du echt Schwierigkeiten mit Snyder kriegen. Bis wir unser Examen machen, gehörst du mir.«

»Wie öde«, flötete sie.

Und schlug ihm mit der Handkante aufs Brustbein.

Percy flog wie ein sich drehender Ball rückwärts. Mit heftigem Aufprall landete er auf dem Boden und stöhnte bei dem Versuch, wieder auf die Füße zu kommen.

Tss-tss. Viel zu langsam.

»Ich hab eine Scheißlaune«, meinte Vamp-Willow, als sie auf ihn zuging. Aber Percy hatte es immer noch nicht kapiert. Sie musste offensichtlich nachhelfen. Also beugte sie sich hinunter, legte ihre Finger mit den schwarz lackierten Nägeln um seinen Hals und hob ihn hoch, ließ ihn vor sich baumeln und warf ihm gleichzeitig ein verführerisches Lächeln zu. »Willst du meine Laune aufbessern helfen?«, gurrte sie.

Der Junge umfasste mit seiner Linken die Hand, die seine Kehle strangulierte, während er mit der Rechten zum Schlag ausholen wollte. Es war nutzlos – sie wehrte den Schlag mit Leichtigkeit ab und grinste nur, als er versuchte, sie stattdessen mit der Rechten zu würgen. Dummes Menschenkind – wusste er denn nicht, dass sie keine Luft mehr zum Atmen brauchte?

»Was geht denn hier ab?«, fragte plötzlich eine vertraute Stimme. »Soll das etwa lustig sein?« War das ihr geliebter Xander? Eine kurze Pause, dann hörte sie, wie er »Boaah!«, sagte.

Percys Würgegriff – den sie ohnehin kaum spürte – wurde schwächer, weil er verzweifelt nach Luft ringen musste. Vamp-Willow überlegte, ob sie Percy weiter würgen oder ihn lieber gleich beißen sollte, als plötzlich jemand dazwischen sprang und beide auseinander riss.

Zu schade.

»Zurück mit dir!«, bellte der Neuankömmling Percy an. »Halt dich verdammt noch mal fern von ihr!«

»Okay«, krächzte Percy. »Klar.« Wie ein zu groß geratener Käfer kroch er davon.

Sein Retter drehte sich um und schaute sie an, und da war Vamp-Willow glücklich, zum ersten Mal, seit sie in der leeren Fabrikhalle wieder zu sich gekommen war. »Xander …«

Xander zog fragend die Augenbrauen hoch, während er sie musterte, dann zeigte er auf ihre Klamotten. »Will – das war also keine leere Drohung, dass du deinen Look ändern würdest.«

»Du bist am Leben!« Froh trat Vamp-Willow vor und schlang die Arme um ihn. Sie spürte, wie er ihre Umarmung instinktiv erwiderte. Sie ließ ihre Hände über seinen Rücken gleiten und –

Xander zuckte ein wenig zurück. »Ähm, Will ... das geht jetzt aber doch ein bisschen zu weit. Wir wollen doch nicht wieder in unsere schlechten Angewohnheiten zurückfallen.« Unvermittelt löste er sich aus der Umarmung und ergriff ihre Finger. »Die Hände!«, rief er aus. »Die Hände so, dass ich sie sehen kann!«

Da fiel Vamp-Willow der Unterkiefer herunter, und sie beugte sich vor, um an ihm zu schnuppern. Dann wich sie mit einem Stirnrunzeln zurück. »Du bist ja ... du lebst!«

Xander guckte sie verblüfft an. »Hast du vorhin schon mal erwähnt. Will, geht's dir gut?«

»Nein«, antwortete sie traurig. Sie schaute sich um. Es war ein Albtraum. »Alles ist so ... anders.«

»Xander, da bist du ja!«

Eine Mädchenstimme. Wieder jemand Vertrautes, der ihr jedoch überhaupt nicht gelegen kam. Vamp-Willow hätte nicht geglaubt, dass es noch schlimmer kommen könnte, aber das Leben einer Untoten steckte offenbar voller unliebsamer Überraschungen.

»Hey, Buff«, sagte Xander.

»Willst du mich nicht deiner neuen – ach, du lieber Himmel, das ist ja Willow!«

Sie kannte dieses Mädchen, aber ja – die blonden Haare und das Gesicht eines All-American-Girl. Alle kannten sie.

Willow machte die Augen schmal. »Du ...«, sagte sie mit gefährlich leiser Stimme.

Doch die Jägerin blickte sie nicht an wie einen Todfeind, nein, ihre Miene drückte etwas ganz anderes aus – Verwirrung, und dazu noch etwas, das Vamp-Willow nicht benennen konnte. War es der seltsame Wunsch, sie nicht zu kränken?

»Weißt du was?«, fragte Buffy mit falscher Fröhlichkeit. »Der Look gefällt mir. Er ist, äh, natürlich abgefahren, aber auch – sieht echt gut aus, so mit Leder, und ist irgendwie ...« Sie warf Xander einen hilflosen Blick zu, dann wandte sie sich wieder an Vamp-Willow. »Abgefahren hatte ich schon gesagt, oder?«

»Ich mag dich nicht!«, zischte Willow, die Vampirin.

Jetzt war es die Jägerin, die gekränkt aussah. »Will, ich – es tut mir Leid, was heute passiert ist«, äußerte sie. »Du kennst doch meine große Klappe, aber ... du musstest uns doch nichts beweisen.«

Es reicht. »Ich geh jetzt«, sagte Vamp-Willow. Sie drehte den beiden den Rücken zu und marschierte davon.

»Willow, ich muss ehrlich sagen, dass mir dein neues Ich nicht sonderlich gefällt«, rief der schrecklich lebendige Xander ihr nach. Sie ignorierte ihn und stolzierte weiter.

Da hörte sie schnelle Schritte hinter sich. Die verhasste Jägerin besaß doch tatsächlich die Frechheit, sie am Ärmel zu ziehen. »Willow, warte doch –«

Vamp-Willow wirbelte herum und ließ ihre wahre Erscheinung zum Vorschein kommen. Der Jochbogen trat hervor, die Haut begann, sich um den Mund zu spannen, während ihre Zähne länger und spitzer wurden. »Lass mich LOS!«, fauchte sie.

Dann ließ sie beide stehen. Stumm starrten sie ihr nach, während sie in der anheimelnden Finsternis der Nacht verschwand.

Die Willow-Vampirin fühlte sich draußen entschieden besser. Obwohl sie noch immer schlecht gelaunt war, tröstete sie der dunkle Nachthimmel wie ein guter alter Freund.

Es machte ihr nichts aus, dass sie verfolgt wurde.

»Willow Rosenberg?«, fragte eine raue Stimme.

Sie drehte sich nicht um, und so konnten die beiden Vampire nicht sehen, wie sie ihre leuchtend rot geschminkten Lippen zu einem hämischen Grinsen verzog. »Ich soll nicht mit Fremden reden«, sagte sie mit der Stimme eines verängstigten kleinen Mädchens.

»Dann reden wir eben nicht«, knurrte einer der beiden.

Sie sprangen auf sie zu, aber hatten keine Chance. Willow verpasste dem Ersten – der noch kein Wort gesagt hatte – einen gezielten Tritt in die Eingeweide, packte dann den Zweiten an der Schulter und schleuderte ihn zu Boden, als wöge er nicht mehr als ein kleiner Sack Kartoffeln. Inzwischen war der andere wieder auf den Beinen. Mit einem Spin-Kick hielt sie seinen schlecht gezielten Schlag auf und brachte ihn zu Fall. Als der Zweite sie ein letztes Mal ansprang, reagierte sie mit einem Roundhouse-Kick, der einem menschlichen Wesen alle Rippen gebrochen hätte. Es folgten ein Boxhieb und ein paar Kopfnüsse. Dann packte sie ihren Angreifer am Arm und verdrehte ihn so lange, bis sie ihn zu Boden schleudern konnte. Mit ihrem lederumspannten Knie stieß sie ihn in den Rücken und hielt seine Hand mit einem gemeinen Schraubstock-Griff fest.

»Du hast mich wütend gemacht«, schnurrte sie.

»Das war ein Irrtum!«, protestierte der Vampir. Er heulte vor Schmerz. »Wir waren hinter einem Menschen her!«

»Ach ja?« Sie hielt immer noch seine Hand fest, streichelte zerstreut die Finger. »Für wen arbeitet ihr?«

Seine Miene wurde undurchdringlich. »Das werde ich dir doch nicht –«

Der Satz endete in einem Schmerzensschrei, als Vamp-Willow mit einem heftigen Ruck einen seiner Finger nach hinten bog und ihn brach. »Für wen arbeitet ihr?«, wiederholte sie zuckersüß.

»Wilkins«, keuchte der Vampir. »Für den Bürgermeister.«

Kracks. Noch ein Finger gebrochen. Der Vampir schrie und krümmte sich auf dem Boden. »Für wen arbeitet ihr?«, fragte sie noch einmal. Zärtlich umspannte ihre Hand den nächsten Finger.

»Für dich!«

Endlich kapiert, was? Sie ließ ihn los und schaute verächtlich zu, wie er auf die Beine kam. Ein paar Sekunden später krabbelte sein Kumpel steifbeinig aus dem Müll und gesellte sich zu ihm. »Holt eure Freunde«, sagte Vamp-Willow kalt. »Bringt sie her. Die Welt ist nicht mehr lustig, also werden wir uns drum kümmern, dass sie's wieder wird.« Ein eisiges Lächeln glitt über ihr Gesicht. »Und mit dem *Bronze* fangen wir an.«

4

Den Weg vom *Bronze* in die Bibliothek legten sie schweigend zurück. Die Verwandlung Willows zur Vampirin hatte Buffy sehr wehgetan. Sie war wie betäubt und vermochte weder ihrem Schmerz noch ihrer Trauer Ausdruck zu geben. Xander, der neben ihr ging, fühlte sich wie ein großer und unbeholfener Roboter – eine Maschine ohne Sprachvermögen. Ruckartig setzte er einen Fuß vor den anderen. Automatisch vollzog sein Körper die Bewegungen.

Wie oft war die Bibliothek in der Vergangenheit ein Zufluchtsort gewesen, doch heute war es anders. Selbst der vertraute Anblick von Giles, der aus seinem Büro trat, um sie zu begrüßen, half nicht.

»Ah, Buffy«, meinte er. »Ich dachte, du wolltest heute Abend ausgehen. Ich hätte nicht erwartet, dass du ...« Er verstummte, als er vor ihnen stand. Sie konnten immer noch kein Wort herausbringen. Buffy spürte Tränen auf ihrer Wange. Giles' Miene verriet ihr, dass er es bemerkt hatte. Seine Finger umklammerten das Buch, das er in der Hand hielt, bis seine Knöchel weiß wurden. »Was ist los?«

Die drei setzten sich auf die Treppe der Bibliothek. Sie fühlten sich wie ein Puzzle aus vier Teilen, von dem eines fehlte und eine offene Stelle zurückließ.

»Das ist alles nicht wahr«, sagte Xander dumpf.

Buffy blinzelte, aber selbst ihre Lider waren schwer und gehorchten nicht so recht. »Ich kann überhaupt nichts fühlen. Meine Arme, meine Beine oder … irgendwas.«

Giles ließ den Kopf hängen und starrte auf seine Füße. »Sie war … die Beste von uns.«

»Viel besser als ich«, warf Xander ein.

Giles nickte. »Viel, viel besser.«

Buffy presste die Hände zusammen. »Wir haben sie doch in der Mittagspause noch gesehen. Wie konnte –«

Da blickte Xander auf. »Es ist alles meine Schuld.«

Giles legte die Stirn in Falten. »Wieso sagst du das?«

Hilflos zuckte er die Achseln. »Ich weiß nicht genau. Statistische Wahrscheinlichkeit?«

»Nein«, sagte Buffy auf einmal. »Ich war's – ich bin diejenige, die sie beleidigt hatte. Sie ist angegriffen worden, weil sie unachtsam war. Das wäre jedoch niemals passiert, wenn ich sie nicht beleidigt hätte, und jetzt ist meine beste Freundin –«

»Was ist denn mit euch los?«

Alle erschraken furchtbar, als sie aufblickten und Willow sahen – die Willow, die sie zuletzt in der Schule gesehen hatten, im rosafarbenen Pullover mit weißen Blümchen. Nun stand sie vor ihnen.

Hmm, dachte Willow. Das ist ja komisch.

»Meine Güte, ist jemand gestorben?«, fragte sie scherzhaft.

Die drei starrten sie an, als wäre sie ein wandelnder, sprechender Geist oder als ob –

Das war kein guter Scherz. »Oh, mein Gott«, fragte Willow bestürzt. »Wer ist gestorben?«

Xander sprang auf die Füße, dann raste er, mit einem Kreuz

in der ausgestreckten Hand fuchtelnd, auf sie zu. »Zurück!«, schrie er. »Weiche, Dämon!«

Willow starrte ihn nur verblüfft an, dann das Kreuz, dann wieder ihn. Aus dem Konzept gebracht schaute Xander das Kreuz an, schüttelte es wie eine Flasche Sprühfarbe kurz vor dem Gebrauch. Dann unternahm er einen neuen Versuch und stieß den heiligen Gegenstand geradewegs auf ihr Gesicht zu.

Willow stand wie erstarrt und fragte sich, was zum Teufel hier vor sich ging.

»Willow?« Buffy erhob sich von der Treppe und kam langsam auf sie zu. Was war denn das auf ihren Wangen – hatte sie etwa geweint? »Du bist lebendig?«

Willow warf ihr ein unsicheres Lächeln zu. »Bin ich das nicht normalerweise?«

Bevor sie noch etwas hinzufügen konnte, hatte Buffy schon einen Satz gemacht und umarmte sie so ungestüm, dass sie keine Luft mehr bekam, schmiegte ihr Gesicht an Willows Hals und stieß erstickte Schluchzer aus. Willow öffnete den Mund, um zu fragen, was denn los sei, kriegte aber schon wieder Atemnot, weil nun auch Xander hinzudrängte, seine Arme um Buffy und Willow legte und alle beide fest drückte.

Es dauerte ein paar Sekunden, bis Willow endlich wieder Luft bekam. »Ich liebe euch ja auch«, keuchte sie. »Okay ... aber, allmählich geht mir der Sauerstoff aus.«

Da ließen die beiden sie los und traten zurück, starrten sie an, als sei sie plötzlich in Gold verpackt. Da sie immer noch nichts sagten, versuchte Willow ihr Glück bei Giles. »Was ist denn los mit den beiden? Huch!«

Okay, Umarmungen deiner besten Freunde sind die eine Sache, aber wenn der Bibliothekar sich dann auch noch anschließen muss, stimmt etwas nicht. »Oh ...«, machte er schließlich, als ihm bewusst wurde, was er da tat. »Sorry.«

Keiner sagte mehr etwas, aber Buffy streckte die Hand aus

und spielte mit einer von Willows Haarsträhnen. Ihre Miene drückte Staunen und Erleichterung aus.

»Ist ja schön, dass ihr mich vermisst habt.« Willow beäugte ihr Freunde argwöhnisch. »Sagt mal, ihr habt doch nicht irgendwelche Drogen eingeworfen, oder?«

Xander war ganz bleich. »Will, wir haben dich im *Bronze* gesehen.« Er warf den anderen einen raschen Blick zu. »Du warst ... eine Vampirin.«

»*Ich* bin keine Vampirin!«, erklärte Willow hitzig. Was für eine Beleidigung!

»Doch, bist du!«, widersprach Buffy, aber dann merkte sie, wie furchtbar das klang. »Ich – ich meine, du warst eine.« Leicht verzweifelt blickte sie Giles an. »Giles, wollen Sie nicht mal mit einer Erklärung einspringen?«

»Oh!«, fuhr er auf. »Nun, etwas ...« Er schaute sich in der Bibliothek um. Keine Hilfe zu erwarten. »Etwas sehr Seltsames ist vorgefallen.« Offenbar fiel ihm überhaupt nichts ein.

Alle starrten ihn an. Dann legte Xander den Kopf schief. »Könnt ihr glauben, dass der Rat der Wächter diesen Mann hat gehen lassen?«

Gott, wie sie es hasste, eine Sterbliche zu sein.

Es war so viel aufregender, so viel verlockender, Anyanka zu sein, die durch die Welt der Menschen streift, um treulose Liebende und ungezogene Männer heimzusuchen. Ja, das war ein Leben gewesen! Jetzt hatte sie nur noch – das ... Anya seufzte, während sie sich auf einem Barhocker an der Theke des *Bronze* niederließ und den Postkartenständer betrachtete. Unnütze Papierfetzen. Sterbliche verschwendeten ihre Zeit mit den lächerlichsten Dingen. Hinter ihr jaulte die Jukebox. Sie sollte die Zeit zwischen dem Auftritt der letzten Band und dem der nächsten überbrücken. Ihr missratener Zauber heute

Mittag und die Tatsache, dass sie Willow bestechen musste, wenn sie ihr noch ein zweites Mal helfen sollte, waren Dinge, die ihre Laune nicht gerade verbesserten!

»Was für ein Tag«, murrte sie grantig. Dann wurde ihr bewusst, dass der Barkeeper, ein junger Typ mit Stoppelhaar und gelbem T-Shirt, schon eine ganze Weile auf ihre Bestellung wartete. »Gib mir 'n Bier.«

»Perso«, sagte er, ohne auch nur einmal die Stimme zu heben.

Sie starrte ihn finster an. Das blieb jedoch ohne Wirkung.

»Perso.«

Anya fühlte, wie ihr die Galle überlief, und sie ballte die Fäuste. »Ich bin elfhundertundzwanzig Jahre alt!«, schimpfte sie. »Gib mir das gottverdammte Bier!«

Der Typ verzog keine Miene. »Perso.«

Sie gab es auf. »Gib mir 'ne Cola.«

Auf der Bühne mühten sich Oz und Devon damit ab, einen schweren Verstärker ein Stück weiter nach links zu rücken. »Mann!«, keuchte Devon. »Wir brauchen 'nen Roadie. Andere Bands haben auch Roadies.«

Oz richtete sich auf und wischte sich die Hände an der Hose ab. »Andere Bands können auch mehr als drei Akkorde spielen«, sagte er mit Betonung. »Diese Profis können bis zu sechs, ja manchmal sogar sieben verschiedene Akkorde spielen.«

Devon stieß eine Art Schnauben aus. »Solche wie ... diese schwulen Jazz-Bands.«

Oz drehte sich um und sah Angel auf die Bühne klettern. »Hey, Mann. Suchst du Buffy?«

Der hoch gewachsene Vampir neigte leicht den Kopf. »So wie immer.«

Oz fischte ein paar Kabel aus dem Gewirr auf der Bühne und drückte die Stecker in die entsprechenden Dosen. »Bis jetzt wurde sie noch nicht gesichtet, aber soweit ich weiß, hat sie gesagt, dass sie kommen wird.«

Devon kriegte diesen Ausdruck im Gesicht, den er immer bekam, wenn er dachte, er habe eine tolle Idee. »Hey, Mann, würd's dir nicht gefallen, unser Roadie zu sein?«

»Weniger als du denkst«, gab Angel trocken zurück.

»Also, bleib einfach da«, sagte Oz zu Angel. »Ich bin sicher, Buffy wird –« Er verstummte, als er Angels starrem Blick auf die Hintertür folgte. War das ... oh ja. Ein Vampir blockierte den Ausgang und wollte offenbar alle hier drin einschließen. Wie Angel blickte auch Oz automatisch zu den anderen Ausgängen, dann zum Haupteingang. Warum war er gar nicht überrascht, als er jeden der Ausgänge von einem der Blutsauger versperrt sah?

»Das ist gar nicht gut«, murmelte er.

Als wolle er seine Worte bestätigen, versuchte ein Junge an der Vordertür an dem Vampir vorbeizukommen. Seine Mühe wurde damit belohnt, dass er auf dem nächsten Billardtisch landete. Daraufhin begann seine Freundin lauthals zu kreischen. Im selben Moment erfüllten Schreie den Raum. »Seid still!«, rief der Anführer der Vampire.

Oz und Angel wechselten einen Blick und beschlossen, erst mal abzuwarten.

»Sehr gut«, fuhr der Obervampir fort. »Wenn keiner Schwierigkeiten macht oder abhauen will, wird auch keiner verletzt.«

Angel bewegte leicht die Schultern. »Warum glaub ich ihm bloß nicht?«

»Weil es ihm an Glaubwürdigkeit mangelt.« Oz hob fragend eine Augenbraue. »Kommst du hier raus?«

Angel wies fast unmerklich mit dem Kopf nach oben. »Oberlicht im Dach – kann ich schaffen.«

»Ich glaub, wir brauchen Unterstützung.«

Angel sah nicht sonderlich überzeugt aus. »Ich glaube, ich werde hier gebraucht.«

Oz zuckte die Achseln. »Zehn gegen einen könnte die Mühe nicht lohnen.« Er wollte gerade etwas hinzufügen, doch da erstarrte er. Auch Angel war sichtlich geschockt. Sahen sie wirklich das, was sie zu sehen glaubten? »Hol Buffy«, flüsterte Oz Angel zu. »Jetzt gleich!«

Mit einem letzten bestürzten Blick über die Schulter schlüpfte Angel hinter die Verstärker und hangelte sich an dem Kabel hoch, das an der Decke herabhing.

»He, Alter!«, sagte Devon hinter Oz. Er sprach ganz leise, aber Oz wusste genau, dass sein Kumpel bis über beide Ohren grinste und die ganze Sache megacool fand. »Schau dir mal deine Freundin an.«

So ist's schon besser, dachte Willow, die Vampirin, als sie eintrat. »Schaut mal, die haben alle Angst«, sagte sie mit verschlagenem Grinsen zu ihren Begleitern. »Wie in alten Zeiten.« Sie schritt langsam vorwärts und genoss den Geruch der Angst, der in der Luft lag. In der Mitte des Raumes blieb sie an einem Tisch stehen, wo ein hübsches Mädchen mit dunkelblonden Haaren auf einem Barhocker saß. Vamp-Willow lächelte sie an. »Wie heißt du?«

Was für ein trauriges, verschrecktes Ding das doch war, es vermochte kaum zu antworten und hatte vor Schreck die Augen weit aufgerissen. »Sandy«, brachte das Mädchen schließlich heraus.

Immer noch lächelnd strich Vamp-Willow dem Mädchen über den Arm, dann packte sie zu und zerrte es vom Hocker. Viel zu verängstigt, um sich zu wehren, folgte Sandy, als sei sie die kleine Schwester. Sandys Hand haltend wandte sich Vamp-

Willow an die Menge, als spräche sie zu einer Kindergartenschar. »Ihr müsst keine Angst haben. Ihr müsst nur tun, was ich sage. Wenn ihr brave Jungs und Mädels seid«, fuhr sie fort, »dann machen wir euch jung und stark und zwar für immer und ewig. Wir werden ganz viel Spaß haben.«

Sie schubste Sandy ein bisschen vorwärts, dann leckte sie ihr spielerisch über den Hals. Ihre Augen wurden schmal. »Wenn ihr aber nicht brav seid ...« Ruckartig bewegte Vamp-Willow den Kopf und stieß ihre Fangzähne in Sandys Hals.

Während sie das Mahl genoss, merkte sie gleichzeitig, dass jemand von der Bühne herunterkam und sie von ihrem Tun abhalten wollte. Aber einer ihrer Jungs warf sich rechtzeitig dazwischen und machte der Sache ein rasches Ende. Das Mädchen erzitterte, doch Vamp-Willow hielt es fest, bis es so leer war wie ein Trink-Päckchen, das sie danach achtlos auf den Boden fallen ließ. Sie fuhr sich mit der Zunge über den Mund – mmmmhh, lecker! – und blickte mit halb geschlossenen Lidern um sich. »Noch Fragen?«

Totenstille.

Wie passend.

Dann hörte sie etwas. »Willow, das ist doch nicht dein Ernst.«

Es war einer dieser Typen von der Bühne, der Süße. Er kam bis zum Fuß der Stufen hinunter. Willow legte den Kopf schief und gesellte sich zu ihm. Schmerzerfüllt starrte er sie an. »Wer hat dir das angetan?«, wollte er wissen.

»Ich kenne dich«, sagte sie. »Du bist einer von den Guten. Wie kommt es dann, dass du mit mir redest, als ob wir Freunde wären?«

»Weil er dich für jemand anderen hält.«

Vamp-Willow fuhr herum und sah ein hübsches Mädchen mit dunklen Haaren, das furchtlos näher kam. Der treu ergebene Alphonse mit den gebrochenen Fingern wollte schon dazwischengehen, aber Willow hielt ihn mit einer Handbewegung auf.

»Er glaubt, du bist die Willow, die in diese Wirklichkeit gehört«, fuhr das Mädchen fort.

Vamp-Willow überlegte. »Ein anderes ... Ich?«

»Ich bin Anya«, sagte das Mädchen. »Du weißt doch, dass dies hier nicht deine Welt ist, stimmt's? Ich meine, du weißt, dass du nicht hierher gehörst.«

»Stimmt ... weil es eine dämliche Welt ist.« Willow, die Vampirin blickte finster in die Menge. »In meiner Welt liegen die Leute in Ketten und wir reiten auf ihnen wie auf Ponys.«

»Du willst dorthin zurück ...«

»Ja«, sagte die Vampirin schmollend.

In der Bibliothek, am Ende der Theke, drückte Willow sich eng gegen die Wand. Dieser ganze Sie-als-Vampirin-Kram weckte in ihr den Wunsch, zu schrumpfen und sich im nächsten Mauseloch zu verkriechen. Von allem, was sie sich vorstellen konnte, war das das Schrecklichste.

Ein Schauer lief ihr den Rücken hinunter. »Das ist wirklich unheimlich«, sagte sie. »Es gefällt mir gar nicht, dass da draußen eine Vampirin ist, die so aussieht wie ich.«

Xander verschränkte die Arme vor der Brust. »Sie sieht nicht aus wie du – sie ist du.«

»Das stimmt, Willow, wirklich, sie ist du, in allen Einzelheiten ... außer dass du keine Lack-und-Leder-Lady bist.« Buffy zögerte. »Zumindest, soweit wir das wissen.«

Willow lächelte. »Oh, na schön. Oz und ich spielen jede Nacht *Herrin der Qualen*.«

Giles legte wieder einmal die Stirn in Falten, und sofort blickten Buffy und Xander besorgt drein. »Ist sonst noch jemand an so einem unheimlichen Ort gewesen?«, fragte Xander langsam.

»Oh, ja«, bestätigte Buffy, als Giles zustimmend die Brille hob.

Willow wollte ihnen wieder sagen, dass dies lächerlich sei, als plötzlich Angel in die Bibliothek stürmte und auf Buffy zustürzte. »Buffy, ich –« Er verhaspelte sich, als er nicht gleich die richtigen Worte fand. »Etwas ist im *Bronze* geschehen ... Willow ist eine Untote.«

Xander und Buffy nickten freundlich, und da fiel Angels Blick auf Willow. »Hey, Willow«, grüßte er automatisch.

Er wandte sich an Buffy, zuckte dann zusammen und sah Willow an. Dann drehte er sich wieder zu Buffy. »Hör mal –«

Xander neigte leicht den Kopf. »Wir können dich gut verstehen, Kumpel.«

»Wir haben sie auch gesehen«, erklärte Buffy. »Im *Bronze*.«

Angel überlegte blitzschnell. »Okay. Also, jedenfalls ist sie jetzt dort – zusammen mit einem Kader Vampire, die ganz heiß auf 'ne Party sind.«

Buffy stand hastig auf. »Dann können wir uns ja Gedanken darüber machen, wer sie ist, nachdem wir die Blutsauger gestoppt haben.«

Willow und die anderen brauchten nur ein paar Minuten, um sich Mäntel und Waffen zu schnappen und hinauszueilen. »Wie viele waren da?«, fragte Buffy, als sie aus der Bibliothek kamen.

Angel überlegte einen Moment. »Acht oder zehn.«

Buffy schaute Giles an. »Sollen wir Faith dazuholen?«

Der Bibliothekar schüttelte heftig den Kopf. »Nein. Ich will sie noch nicht kämpfen lassen, wenn Zivilisten dabei sind.«

»Hört, hört«, machte Xander.

»Äh, Leute?«

Der Klang von Willows Stimme ließ die anderen innehalten. Sie drehten sich um und blickten sie erwartungsvoll an.

»Das ...« Sie schluckte hart. »Was werden wir mit ... mir tun? Mit ... meinem anderen Ich?«

Keiner gab Antwort, doch dann trat Buffy vor und berührte den Arm der Freundin. »Ich weiß es nicht, Will«, sagte sie sanft. »Wir müssen sie zunächst einmal nur aufhalten.«

»Das hab ich ja verstanden!«, rief Willow verzweifelt. »Ich wollte doch nur wissen – oh!« Ein Gedanke fuhr ihr durch den Kopf. »Hey – geht schon vor! Ich komme nach.«

Sie ließ die anderen gehen und lief zurück zur Bibliothek. Dort beugte sie sich über die Verleihtheke und strengte ihre Augen an. Wenn sie sich recht entsann, musste das, was sie suchte, genau dort irgendwo liegen.

Eine kalte Hand legte sich über ihren Mund und riss sie zurück. Ein noch kälterer Arm umklammerte ihre Taille und hielt sie fest. Eine seidenweiche Stimme, erschreckend vertraut, in der jedoch ein böser Unterton mitschwang, flüsterte ihr ins Ohr.

»Endlich sind wir allein ...«

5

»Na, lass doch mal sehen, wie ich ausschaue. Ich bin ja ganz ... flauschig.«

Die Feindin ließ los, dann drehte sie Willow blitzschnell zu sich herum. Entsetzt starrte Willow auf diese dunkle Seite ihres Selbst und versuchte, irgendetwas Zusammenhängendes zu sagen. »Was will ich von dir? Ähm, ich meine –«

Ihr Vampir-Ich betrachtete sie mit halb gesenkten Lidern. »Deine kleine Schulfreundin Anya sagte, du wärst diejenige gewesen, die mich in diese Welt gebracht hat. Und sie sagte auch, du könntest mich in meine Welt zurückbringen.«

»Oh.« Einen Augenblick lang wusste Willow nicht, was die andere meinte. Doch dann erinnerte sie sich an den Krümmung-der-Zeit-Zauber. Sie zuckte nervös zusammen. »Oh – ups.«

Vamp-Willow lächelte drohend. »Eigentlich weiß ich gar nicht so recht ...« Sie umrundete Willow mit katzenhaften, selbstbewussten Bewegungen. Als sie wieder hinter ihrem menschlichen Ich stand, fuhr sie fort: »Irgendwie gefällt es mir, dass es zwei von uns gibt. Wir könnten ein richtig gutes Team bilden ... wenn du dich meiner Weltanschauung anschließen würdest.«

Willow schauderte bei dem Gedanken. »Müssen wir uns dann mögen?«

»Was sagst du da?«, fragte die Doppelgängerin, dann beugte

sie sich vor und leckte Willow über den Hals. »Willst du ein böses Mädchen sein?«

Ihhhhhhh! Willow versuchte, die Schultern hochzuziehen. »Schlimmer kann's wirklich nicht mehr werden!«

Sie hörte Vamp-Willow hinter sich knurren. Wird sie mich jetzt gleich beißen?

Willow entwand sich dem Griff der Widersacherin, indem sie nach unten wegtauchte. »Okay – hicks! *Hicks!* Schluss jetzt – du machst mir allmählich Angst!« Sie versuchte, zu entwischen, aber die Vampirin folgte jeder Bewegung, als ob sie ganz genau wüsste, wohin sich Willow als Nächstes wenden würde. Aber sie wusste nicht alles –

Willow schnappte Xanders Kreuz von der Theke und fuchtelte wild damit herum. Dies entlockte ihrem in Leder gekleideten Zwilling nur ein teuflisches Lachen. Bevor sie sich versah, hatte Vamp-Willow ihr das Ding aus der Hand geschlagen und sie über die Verleihtheke geschleudert. Willow landete hart auf dem Boden.

»Wenn du nicht spielen willst«, schmollte die Vampirin, »kann ich dich wohl auch nicht dazu zwingen.« Sie kam auf sie zu.

»Oh, warte mal –«

Da – da war das Ding, das sie vorhin gesucht hatte! Willow warf sich nach vorn und schnappte sich das Betäubungsgewehr, das an seiner üblichen Stelle unter der Theke lag, zielte auf sich selbst – besser gesagt auf ihr anderes Selbst.

Vamp-Willow starrte sie überrascht an und blickte dann auf den Pfeil, der sich in ihren Bauch gebohrt hatte. »Miststück«, fauchte sie und brach zusammen.

»Das ist wirklich außergewöhnlich«, meinte Giles.

Willow hatte Buffy und die anderen draußen eingeholt und beobachtete nun, wie Angel die Vampirversion von ihr in den

Bibliothekskäfig einsperrte. Außergewöhnlich war jedoch nicht das Wort, das für ihre Situation zutreffend gewesen wäre.

»Es ist entsetzlich«, berichtigte sie. »Das bin also ich als Vampirin. Ich bin so … böse. Und ätzend.« Sie warf Buffy einen bestürzten Blick zu. »Und … irgendwie auch 'ne Lesbe, fürchte ich.«

Buffy schaute sie an – tröstend, wie sie hoffte. »Denk immer dran – die Persönlichkeit eines Vampirs hat nichts mit der des Menschen zu tun, dessen Gestalt dieser Vampir angenommen hat.«

Angel blickte zu ihnen herüber. Zusammen mit Xander stand er vor der jetzt verriegelten Tür des Käfigs. »Nun, eigentlich«, fing er an, doch nach einem bösen Blick von Buffy und einem entsetzten von Willow kam er ins Stottern. »Äh … ja, da ist was dran.«

»Was machen wir jetzt?«, fragte Xander.

»Wir müssen immer noch ins *Bronze*«, drängte Giles.

Angel nickte. »Auch wenn die anderen auf sie warten sollten – sie könnten trotzdem schon mit dem Blutsaugen begonnen haben. Vampire pflegen sich nicht an ihre Versprechen zu halten.«

Xander sah mit einem schiefen Grinsen in die Runde. »Also stürmen wir jetzt den Saloon wie John Wayne?«

Der Vorschlag behagte Giles ganz und gar nicht. »Damit gehen wir das Risiko zu großer Verluste ein. Trotzdem habe ich auch keinen besseren Plan.«

Buffy kaute einen Moment auf ihrer Unterlippe, dann hob sie die Hand und schenkte Willow ein Lächeln, das schon im Voraus um Verzeihung bat. »Ich hab eine wirklich … böse Idee.«

Die Gasse neben dem *Bronze* war nie einer von Willows Lieblingsorten gewesen, und heute Nacht war sie es gewiss noch weniger.

Angel sprang vom Dach einer Garage, von wo aus er durch ein hoch gelegenes Fenster ins *Bronze* gespäht hatte. »Sie warten immer noch«, berichtete er und schaute Willow an. »Das ist gut. Es bedeutet, dass sie wirklich Angst vor dir haben.«

»Wer sollte da keine Angst haben?« Willow wies auf ihr Outfit und riskierte ein Lächeln, aber dieses … Ding, das sie da trug – diese Korsage, schnürte ihr die Luft ab und schränkte die Bewegungsfähigkeit sehr ein. Nie im Leben hätte sie sich vorstellen können, schwarzes Leder und roten Satin zu tragen.

Buffy musste bemerkt haben, wie unwohl sie sich fühlte. »Geht's noch in dem Zeug?«

»Es ist ein bisschen … eng«, antwortete Willow. Sie hob einen Mundwinkel. »Ich schätze, Vampire müssen wohl nie atmen.« Sie drehte und wand sich, versuchte, die Falten des Oberteils zu glätten und schaute dann automatisch nach unten. Herrgott, was für ein Dekolletee! »Himmel«, sagte sie arglos. »Schaut euch mal den Ausschnitt an!«

Einen Moment standen alle wie erstarrt und taten genau das, was sie ihnen gesagt hatte. Dann räusperte sich Giles verlegen. »Willow, du gehst jetzt rein und entschärfst die Situation so gut es geht. Versuch wenigstens ein paar von denen rauszuschicken, dann stehen unsere Chancen besser.«

Willow nickte zögernd. Buffy legte ihr beruhigend eine Hand auf den Arm. »Beim ersten Anzeichen von Schwierigkeiten gibst du uns das Signal zum Eingreifen. Dann kommen wir reingestürmt.«

Xander schaute von Buffy zu Willow. »Was für ein Signal?«

»Das Signal ist, wenn ich schreie.« Willow rang sich ein klägliches Lächeln ab.

Da trat Angel vor. »Giles, Sie und Xander warten am Hintereingang.«

»Klar.« Die beiden huschten davon, während Buffy Willows Miene studierte. »Du bist sicher, dass du das durchstehst?«

»Mach dir keine Sorgen«, versicherte sie der Freundin. »Ich würde bestimmt nichts tun, das man als besonderen Akt der Tapferkeit bezeichnen könnte.«

»Wir stehen ja hier draußen vor der Tür«, beruhigte Buffy sie.

Das hätte Willow eigentlich ein Gefühl der Sicherheit geben sollen – aber dieses Gefühl verging rasch, als Buffy und Angel sich zurückzogen und in der Dunkelheit verschwanden. Sie holte tief Luft und klopfte dann an der Tür zum Seiteneingang. Ein Vampir, der groß und entsetzlich aussah, öffnete und brachte alle ihre Nerven zum Vibrieren.

Sie musste sich jetzt zusammennehmen.

»Hi«, grüßte sie, »bin wieder da.«

Ihre Stimme klang unsicher, sodass der Vampir sie zweifelnd anschaute. Schließlich trat er aber doch zur Seite und ließ sie hinein. Willow bemühte sich, auf den hohen Plateausohlen nicht zu stolpern. Trotzdem wäre sie fast auf der Türschwelle hingeschlagen. Der Vampir verschloss hinter ihr die Tür und versperrte ihr damit jeglichen Fluchtweg. Willow schaute sich um und versuchte, überzeugend böse zu wirken. Sie sah einen anderen, noch größeren Vampir näher kommen, der – Wunder über Wunder – Anya mit sich führte.

»Hast du das Mädchen gefunden?«, krächzte er.

Das Mädchen – er sprach wohl über sie. »Ja«, sagte Willow knapp. »Hab ich.« Hmmm, ihre Stimme klang wohl immer noch zu höflich, nicht gemein genug.

»Wo ist sie?«, fragte Anya eifrig.

Welche Rolle spielte Anya bei der ganzen Sache – hatte sie ihr Vamp-Willow auf den Hals gehetzt? Natürlich hatte sie das getan, aber warum nur? »Ich habe sie getötet«, erwiderte Willow. Dann stockte sie und fragte sich, warum Anya die Nachricht nicht gefiel. »Ihr das Blut ausgesaugt, wie es sich für eine Vampirin gehört.« Sie warf einen Blick in die Runde, trat dann auf den Vampir zu, der sie Augenblicke zuvor eingelassen hatte. »Hör mal, ich glaube, ich hab draußen was gehört. Warum gehst du nicht mal nachsehen?«

Er gehorchte sofort. Willow wandte sich wieder Anya zu. »Wie konntest du sie nur töten!«, wollte Anya wissen. »Sie war unsere Trumpfkarte. Mit ihr hätten wir deine Welt zurückbekommen!«

Oh-oh. Okay, das hatte sie nicht gewusst. Jetzt musste sie ihr Bestes tun, um ihre Unkenntnis zu verschleiern. Willow setzte ihren besten bösen Blick auf und ging um Anya herum, so wie Vamp-Willow es getan hätte. »Mir gefällt es nicht, dass du zu fragen wagst«, sagte sie barsch. »Vielleicht sollte ich meinen Anhängern befehlen, dass sie dich rausbringen und einen grausamen Tod erleiden lassen.«

Sie hatte den Kreis nun vollendet und warf Oz im Vorübergehen einen Blick zu, riskierte ein scheues Lächeln und ein kaum sichtbares Winken. Erleichterung entspannte seine Züge, und Willow fühlte, wie ihr warm wurde – er musste vorhin doch reichlich Angst gehabt haben, als er der Vampirausgabe von ihr begegnet war.

»Vampire«, sagte Anya angeekelt. »Ihr denkt immer nur mit euren Zähnen!«

Willow blickte sie finster an und setzte eine pikierte Miene auf. »Sie ... hat mich gestört«, sagte sie, wobei sie langsam auf einen weiteren der Vampir-Wächter zuschritt. »Sie war so schwach und Mitleid erregend. Sie ließ immer auf sich rumtrampeln, und hat dann auch noch rumgezickt.«

Willow zuckte mit den Achseln. Im Augenblick genoss sie die Rolle der verwöhnten Prinzessin. »Ich konnte sie einfach nicht am Leben lassen.« Sie hielt bei einem der jungen Vampire an und klopfte ihm kumpelhaft auf die Schulter. »Hör mal, er ist schon 'ne ganze Weile weg«, sagte sie mit einem Nicken zur Tür. »Warum schaust du nicht mal nach, was mit ihm los ist?« Mit ein wenig Glück endete auch er auf Buffys oder Angels Holzpflock, ein Schicksal, das den Ersten zweifellos ereilt hatte.

Anya schaute dem jungen Vampir verblüfft nach. Dann sagte der Anführer zu Willow: »Tja, Boss, wenn's mit dem Plan jetzt Essig ist, warum machen wir dann nicht voran mit dem Töten?«

Vamp-Willow kam auf dem kalten Boden wieder zu sich, als hätte sie in dieser Welt nichts Besseres zu tun, als ständig Nickerchen zu machen. Eine Sekunde lang räkelte sie sich, doch dann fiel ihr auf, dass etwas nicht in Ordnung war – und zwar mit ihrer Kleidung. Sie blickte nach unten.

Rosa und flauschig!

»Oh«, knurrte sie leise. »Das ist ja ein Albtraum.« Und es wurde noch schlimmer, als sie entdeckte, dass sie im Käfig der Bibliothek steckte. Eingesperrt!

»Hallo, Giles?«

Vamp-Willow zuckte zusammen, richtete sich dann aber auf, um zu sehen, wer mit dieser zuckersüßen Stimme gerufen hatte. Ein Mädchen – groß und dunkel und todschick angezogen mit einem engen, schwarz und silbern schimmernden Kleid. Moment mal ... die kannte sie doch –

»Wesley?«, fragte das Mädchen, aus dessen Stimme nun erheblich mehr Hoffnung klang. Vamp-Willow sah, wie es zum Büro des Bibliothekars blickte und schnell eine lose Haarsträhne zurückstrich. »Ich bin grad zufällig vorbeigekommen und wollte nach Büchern gucken.«

Vamp-Willow betrachtete das Mädchen durch die Eisenstäbe. »Hey, du da!«

Die junge Frau wirbelte überrascht herum, sah dann, wer in dem Käfig steckte, und kam heran. »Hey, du?«, fragte sie offensichtlich beleidigt zurück. »Was soll das heißen, *du?* Ich hab 'nen Namen, wie du sehr wohl weißt.«

Vamp-Willow kramte in ihrem Gedächtnis. »Äh ... Cordelia.«

Die andere schaute sie verächtlich an. »Was hast du denn gemacht – dich selber im Bücherkäfig eingeschlossen?«

»Ja«, antwortete Vamp-Willow. »Lass mich raus.« Sie zögerte, versuchte, den richtigen Ton zu treffen. »Ich bin so ... hilflos.« Hmmm ... ob das überzeugend genug war?

Cordelia starrte sie verständnislos an, dann zuckte sie die Schultern. »Okay.« Sie schritt zur Verleihtheke und kramte herum. »Ich glaub, Giles hat einen Ersatzschlüssel, ah, da ist er ja.« Sie hob einen Schlüsselbund auf, der neben dem Computer lag. »Wie hast du's denn nur geschafft, dich selber einzuschließen?«

Ungeduldig schritt Vamp-Willow hinter der verschlossenen Tür auf und ab. »Ich hab ... hab mir die Bücher angeschaut.« Was sollte sie sonst sagen? »Ich mag Bücher, weil ich so ... weil ich doch so schüchtern bin.«

»Ach ja, stimmt genau«, gab Cordelia ironisch zurück. »Die berühmte Nummer mit dem schüchternen Mädchen, auf das dann alle Typen reinfallen.« Sie kam wieder zur Käfigtür und probierte die Schlüssel durch, bis sie den richtigen gefunden hatte.

»Mach jetzt auf«, säuselte Vamp-Willow. Sobald die Tür offen war, wollte sie –

»Warte einen Moment«, sagte Cordelia.

Die Vampirin erstarrte. Oh-oh. Hatte Cordelia jetzt gemerkt, dass sie nicht die Willow war, die sie kannte?

Cordelia trat einen Schritt zurück und dachte leider gar nicht daran, endlich den Schlüssel ins Schloss zu stecken. »Wie mir gerade einfällt, hatten wir eigentlich nie Gelegenheit, mal richtig miteinander zu reden. Ich meine, so von Frau zu Frau.« Sie zog eine Augenbraue hoch. »Und während du im Käfig sitzt ...«

Vamp-Willow strich mit der Hand über das kalte Metall des Maschendrahtes an der Tür. »Will nicht reden«, sagte sie langsam. »Hab Hunger.«

Aber Cordelia beachtete sie nicht. »Worüber könnten wir nur reden?«, fragte sie nachdenklich. Plötzlich aber strahlte sie übers ganze Gesicht. »Hey – wie wär's damit, dass es Unrecht ist, einer anderen Frau den Freund wegzunehmen?«

»Ich weiß gar nicht, ob ich ... noch Lust habe, zu töten«, sagte Willow und gab sich verzweifelte Mühe, nicht nervös zu klingen. Diese Satinkorsage war so eng, dass sie kaum atmen konnte – was wahrscheinlich gut war, da Vampire ja kaum zu atmen pflegten. »Mir ist so langweilig«, fuhr sie fort. Sie kam an einem Mädchen vorbei, das an einem Tisch saß, und fuhr ihm mit der Hand übers Haar und versuchte, sich so zu verhalten, wie es ihr Vampir-Ich getan hätte. Prompt blieben ihre Finger in dem hoch gesteckten Haar hängen. Das arme Mädchen war vor Angst wie versteinert, sodass es keinen Muskel rührte, während Willow ihre Hand wieder befreite und weiter zwischen den Leuten und den Untoten umherstrich. Sie gab sich alle Mühe, unter Oz' durchdringendem Blick nicht wieder schüchtern zu werden. »Das wäre ja wie, wenn man ... Fische in einem Bassin erschießt«, fuhr sie fort. »Und wo ist der Spaß dabei?«

Der Vampir reckte trotzig das Kinn. »Aber mit allem schuldigen Respekt, Boss, der Spaß besteht ja im Essen.«

Willow geriet für einen Moment aus dem Konzept und versuchte es mit einem anderen Vorschlag. »Vielleicht sollten wir alle gehen lassen und ... ihnen dreißig Sekunden Vorsprung geben.«

»Warte mal einen Moment«, mischte sich Anya ein. Offenbar dämmerte ihr, wen sie vor sich hatte.

»Nein!«, widersprach Willow entschieden. »Dieser Plan gefällt mir!«

Anya verdrehte die Augen. »Oh, netter Versuch!«

»Okay«, sagte Willow hastig. »Auf zum Töten.« Sie zeigte auf Anya. »Warum fangen wir nicht mit ihr an?«

Anya war kein bisschen eingeschüchtert. »Warum fangen wir nicht mit dir an?« Sie schaute den Vampir neben sich an, dann sagte sie mit einem spöttischen Lächeln in Willows Richtung: »Wenn die 'n Vampir ist, bin ich das Monster aus der Schwarzen Lagune!«

»Zugegeben«, fuhr Cordelia fort, »Xander hat mich nicht besonders angezogen, aber dass wir immer wieder in diese lebensbedrohlichen Situationen hineingerieten, macht einen ja schon ziemlich heiß. Ich meine, ich wusste doch, dass er ein Verlierer ist, aber das heißt noch lange nicht, dass du daherkommen musst und – was ist?«

Vamp-Willow hatte gar nichts gesagt, nur die ganze Zeit sehnsüchtig aus dem Käfig – in dem sie immer noch eingesperrt war – auf den Hals des Mädchens gestarrt.

»Hab ich da irgendwas am Hals?«, wollte Cordelia wissen.

»Noch nicht«, seufzte Vamp-Willow müde. Würde diese Schnepfe denn nie aufhören zu quasseln?

Cordelia verrenkte sich den Hals, um ihre eigene Schulter zu begutachten. »Krieg ich da einen Pickel?«

»Cordelia«, setzte Vamp-Willow wieder an, und dieses Mal

musste sie nicht nur so tun, als ob sie bettelte – es war tatsächlich so. Sie würde alles, wirklich alles tun, nur um aus diesem Gefängnis herauszukommen … oder wenigstens diese Tussi zum Schweigen zu bringen. »Es tut mir sehr Leid, ich seh ein, dass ich Unrecht getan habe. Ich werde dir nie wieder deinen Freund stehlen.«

»Als ob du das könntest.« Cordelia presste wütend die Lippen zusammen, rückte aber endlich den Schlüssel heraus. »Ich sollte dich einfach da drin schmoren lassen. Aber ich bin ja ein großer Menschenfreund – und du solltest dir mal überlegen, wie du mir das eines Tages vergelten kannst.«

Endlich, endlich hörte Vamp-Willow das Schloss aufschnappen. »Okay«, sagte sie froh, als sie herauskam und sich ihrer Retterin zuwandte. Sie hob den Kopf und zeigte ihre Vampirfratze. Dann schenkte sie Cordelia ein freundliches, zähnefletschendes Grinsen. »Wie wär's mit 'nem anständigen Dinner?«

6

Cordelia schrie – laut genug, wie sie fand, um Tote aufzuwecken.

Wie von Furien gehetzt stürmte sie aus der Bibliothek. Sie rannte den Korridor hinunter, durch eine Tür und war in einem Klassenraum. In einem verzweifelten Versuch, die Verfolgerin aufzuhalten, lief sie im Zickzack zwischen den Tischen hindurch und riss sie zu Boden. Doch es nutzte nichts. Die Vampirin war geschmeidig wie eine Katze und wich geschickt allem aus, was Cordelia ihr in den Weg warf.

»Ich – ich hab das alles nicht so gemeint vorhin«, stotterte Cordelia. »Ich will ja, dass du mit Xander gehst. Ihr habt meinen Segen.«

Vamp-Willow grinste sie nur an und zeigte ihre spitzen weißen Zähne, die erstaunlich sauber und gepflegt aussahen. »Hab ihn doch längst überwunden. Ich brauche frisches Blut.«

Sie warf sich nach vorn, aber Cordy wich ihr aus, schrie erneut und stürzte durch den anderen Ausgang hinaus. Dann folgte eine Fortsetzung dieser kopflosen Flucht. Es kam ihr vor, als würde sie ihr Leben damit verbringen, wegzurennen. Aber dann –

Oh, dummer Fehler.

Sie saß in der Falle.

Cordelia wirbelte herum und sah Vamp-Willow gemütlich

um die Ecke kommen. »Schluss mit dem Versteckspielen«, sagte die Vampirin böse. Ohne besondere Eile kam sie näher und streckte den Arm aus –

– in dem Moment sprang Wesley dazwischen.

»Zurück!«, schrie er und hielt dem fauchenden Vampir ein Kreuz entgegen. »Geschöpf der Nacht, weiche von diesem Ort!«

Vamp-Willow ging ein Stück zurück. »Will nicht«, schmollte sie. Hungrig flitzten ihre Augen zwischen dem Kreuz und Cordelia hin und her.

Einen Augenblick lang schien Wesley verwirrt, dann presste er die Lippen zusammen und fischte ein Fläschchen mit Weihwasser aus der Innentasche seiner Jacke. Drohend hielt er es hoch, und nun schien Vamp-Willow sich eines Besseren zu besinnen. »Ganz, wie ihr wollt«, sagte sie endlich, drehte sich auf dem Absatz um und stolzierte davon.

Wesley blieb reglos stehen, bis er sich aufraffte und um die Ecke spähte, um zu sehen, ob sie wirklich weg war. Cordelia ging ihm nach und streifte leicht seinen Rücken.

»Aaahhhhhh!«

Sie wich zurück. »Oh, tut mir Leid!«

Wesley zog pfeifend die Luft ein und versuchte sich wieder zu beruhigen. »Es ist nichts. Ich bin nur ein bisschen nervös«, sagte er mit seinem leicht affektierten, englischen Akzent. »Du weißt schon – wenn Männer im Gefecht stehen. Bist du in Ordnung?«

»Du hast mir das Leben gerettet!« Cordelia erkannte ihre Chance und ergriff sie beim Schopf: Sie warf ihm die Arme um den Hals und klammerte sich fest. »Vielen, vielen Dank!«

Einen Augenblick lang erwiderte er die Umarmung, doch dann schien er sich bewusst zu werden, wo – und wer – er war. »Ja – nun ja, schön.« Er machte sich von ihr los, schaute dann finster zur Tür. »War das …?«

Cordelia nickte traurig. »Willow. Sie haben Willow gekriegt.« Sie widmete diesem traurigen Umstand eine Schweigesekunde, dann lächelte sie ihn verführerisch an. »Und, heute Abend schon etwas vor?«

Anya und Alphonse, der Vampir, trieben sie langsam in die Enge. »Ich hab's echt so satt, nur mit Menschen zu tun zu haben!« Anya legte die Arme um sich und warf Willow einen bitterbösen Blick zu. »Ich finde, er sollte dir das Blut aussaugen.«

»Dieses Mädchen hat schon seit frühester Kindheit psychische Probleme gehabt«, behauptete Willow hitzig. »Ich bin das schreckliche Wesen, die Blutsaugerin!« Als die beiden immer noch nicht überzeugt schienen, wies Willow auf ihr schwarzrotes Outfit. »Schaut euch doch meine Klamotten an!«

Alphonse schüttelte den Kopf. »Ein Mensch – hätt ich doch gleich riechen müssen.«

Oh-oh. Zeit für drastischere Maßnahmen. »Ein Mensch?«, fragte Willow in scharfem Ton. »Ach ja? Kann ein Mensch sowas?«

Sie schrie so laut sie konnte.

Anya und Alphonse blickten einander an. Alphonse zuckte die Achseln. »Ich würde sagen, ja!«

»Genau«, fiel Anya ein. »Die meisten Menschen können das.«

Sie schauten Willow abschätzend an. Der grobschlächtige Alphonse machte einen Schritt auf sie zu, aber da sprang zum Glück die Vordertür auf, und Buffy und Angel stürmten herein.

Buffy nahm sich zuerst Alphonse vor: Beide lieferten sich einen Abtausch gezielter Schläge, während Angel sich um die Vampire an der Theke kümmerte. Einen Augenblick später sah Willow Xander und Giles durch den Hintereingang brechen. Xander packte den nächstbesten Blutsauger am Kragen, und Giles stürzte sich mit hoch erhobenem Pflock ins Getümmel. Die Leute flohen in alle Richtungen, manche flüchteten aus den nun unbewachten Ausgängen, andere verkrochen sich unter den Billardtischen.

Anya hatte wohl ebenfalls beschlossen, diese ungastliche Stätte zu verlassen, doch mit einem Ruck hielt Willow sie fest. Sie starrte sie wütend an, dann ballte sie die Hand zur Faust und verpasste dem Mädchen ordentlich eins auf die Nase.

Anya krümmte sich, und da erst wurde Willow bewusst, wie weh ihr die eigene Hand tat. »Au – au! Was für 'n Schlag, autsch!«

Dann war plötzlich Oz da und zog sie auf die Bühne. Devon hatte sein Versteck hinter dem Schlagzeug verlassen und versuchte, an einem Kabel zum Oberlicht hinaufzuklettern. »Komm schon!«, drängte Oz. »Devon, lass uns abhauen!«

Devon, der bald erkannte, dass er es nicht schaffen würde, ließ sich fallen und folgte ihnen zur Hintertür. Sie waren schon fast dort angekommen –

– als die Vampirausgabe von Willow hereinmarschierte und Oz wie eine Bowlingkugel zu Boden warf.

Willow sah sich ihrem dunklen Ich gegenüber und schluckte. »Mögen wir uns jetzt nicht mehr?«

Die Vampirin griff an. Obwohl Willow mit aller Kraft kämpfte, hatte ihr die Gegnerin in weniger als zwei Sekunden die Hände um den Hals gelegt und würgte sie.

Alles verschwamm vor ihren Augen, aber aus dem Augenwinkel sah Willow, dass Buffy in ihre Richtung schaute. Gerade hatte sie einen Vampir niedergeschlagen und das Billardqueue in seinen Körper gerammt. Noch bevor er zu Staub zerfiel, hatte sie das Queue an der Fratze eines anderen Vampirs in zwei Stücke zerschlagen. Buffy sprang auf die Bühne, hob den Stab und wollte gerade das spitze Ende der Willow-Doppelgängerin in die Brust jagen, als –

»Buffy, nein!«

– Willow schrie entsetzt.

Buffy hielt inne. Dann stemmte sie die Vampirin hoch und drehte ihr die Arme auf den Rücken. Vamp-Willow wehrte sich, aber als sie sah, dass der Rest ihrer Armee entweder tot war oder die Flucht ergriffen hatte, gab sie auf. Ihr Gesicht spiegelte die Enttäuschung deutlich wider.

»Gute Reflexe«, sagte Willow zu Buffy, während sie aufstand.

Buffy grinste sie an. »Nun ja, ich arbeite auch daran.«

Willow wandte sich an ihren dunklen Zwilling, der ziemlich verdrossen dreinschaute. »Diese Welt ist überhaupt nicht spaßig«, sagte die Vampirin.

Und so unglaublich es auch sein mochte, doch da musste Willow ihr zustimmen. »Auch schon gemerkt?«

Nun waren alle in der verlassenen Fabrik, wo Vamp-Willow nach eigener Aussage zu sich gekommen war. Anya, die eine äußerst säuerliche Miene zur Schau trug, traf unter Giles' wachsamem Blick die letzten Vorbereitungen für eine Wiederholung der Beschwörungszeremonie.

Willow musste grinsen, als sie sah, wie Xander sich an Vamp-Willow heranschlich. »Soso«, höhnte er, »in deiner Welt bin ich also ein mieser, abgefuckter Vampir, was? Und die Leute haben Angst vor mir?«

Willows Vampir-Ich warf ihm einen vernichtenden Blick zu und schwieg.

»Oh, ja«, schloss Xander und stolzierte von ihr weg. »Ich bin durch und durch böse, so richtig schlecht.«

»Ich bin mir nicht sicher, ob wir dieses Ding freilassen sollen, Will«, sagte Buffy neben ihr. »Es ist ein Dämon.«

Das wusste sie doch – und nur zu gut! »Ich kann sie einfach nicht ... töten.«

Buffy schwieg einen Augenblick. »Ich auch nicht«, sagte sie dann.

»Ich meine, ich weiß, dass sie nicht Ich ist – wir haben wirklich ein großes Nichts gemeinsam – aber ...«

»Du bist immer noch da, weil du glücklicherweise nicht gebissen worden bist«, wandte Buffy sanft ein.

Willow betrachtete ihr anderes Ich jenseits des magischen Kreises. »Wenn wir sie in ihre Welt schicken, hat sie eine Chance. Außerdem ist es richtig so.«

»Ich glaube, wir sind jetzt fast fertig«, sagte Giles, der auf dem Boden kniete. Oz beugte sich vor und legte noch einen Gegenstand hinzu, dann trat er rasch zurück. Giles warf Anya einen mahnenden Blick zu. »Versuch jetzt keine Tricks, meine liebe Anyanka.«

»Ich brauche keine Tricks«, erwiderte Anya mürrisch. »Wenn ich erst meine Macht wiederhabe, werdet ihr alle vor mir kriechen.«

Willow stieß ein verächtliches Schnauben aus und dann merkte sie, dass die Vampir-Willow es auch getan hatte, im gleichen Moment.

»Wenn ihr beiden Willows nun den Kreis vollenden würdet ...«, gab Giles Anweisung.

Willow wollte sich eben an die vorbezeichnete Stelle setzen, da wandte sie sich noch einmal an ihren Zwilling. »Viel Glück«, wünschte sie ihr. »Versuche bitte, keine Menschen umzubringen.« Sie starrten sich einen Augenblick an, und dann gab Willow einem plötzlichen Impuls nach und umarmte die andere – immerhin war sie wie eine Schwester, wenn auch das schwarze Schaf der Familie. Nach einem

Augenblick des Zögerns erwiderte die Vampirin die Umarmung.

Willow zuckte zurück. »Finger weg!«, mahnte sie. »Sofort die Finger weg!«

Bevor sie in den magischen Kreis eintraten, sah Vamp-Willow sie mit einem süßen, verschlagenen Lächeln an.

Vamp-Willow blinzelte, dann sah sie, dass die Fabrikhalle nicht mehr verlassen war. Menschen und Vampire rannten umher, schrien und kämpften und hatten offensichtlich jede Menge Spaß. Sie grinste – und dann fühlte sie plötzlich, wie sie hochgehoben wurde. Oz' Gesicht erschien kurz vor ihren Augen, und dann spürte sie, wie sich etwas Scharfes, Hölzernes in ihren Rücken bohrte – er hatte sie mit aller Kraft gegen eine abgesplitterte Latte gedrückt, die aus der Mauer hervorstand.

Ins Schwarze getroffen.

»Oh, pfu –«, wollte sie hervorstoßen.

Aber da war sie schon zu Staub zerfallen.

Epilog

Ist schon komisch, dachte Willow, wie alles so ... normal wirkt, wenn man nur die Oberfläche sieht. Das Böse darunter bleibt unsichtbar.

»Gehst du heute Abend aus?«, fragte Buffy.

Sie saßen auf einer Bank vor der High School und warteten darauf, dass die Schulglocke läutete. Es war ein wunderbarer Tag – sonnig und warm, und eine Menge glücklicher, lachender Schüler räkelte sich auf dem Rasen.

Willow jedoch fühlte sich alles andere als glücklich. »Seltsamerweise hätte ich mehr Lust, zu Hause zu bleiben. Dann könnte ich Hausaufgaben machen. Mir die Zähne mit Zahnseide säubern. Und als Jungfrau sterben.«

Buffy warf ihr einen schrägen Blick zu. »Weißt du, mit der Tugend kann man's auch übertreiben.«

Willow ließ sich nicht so leicht umstimmen. »Zusammen mit meinem bösen Ich stehe ich in doppelter Schuld. Ich sehe nun, wohin der Pfad des Bösen führt: Sie hat alles, was sie berührte, kaputt gemacht. So will ich nie werden.«

Da fiel ein Schatten auf die beiden, und als Willow aufblickte, sah sie Percy vor der Bank stehen. »Hey, äh, hi«, quetschte er hervor.

Percy ... und das Referat für Geschichte. Mist. »Oh, hi, Percy.« Innerlich wand Willow sich vor Unbehagen. »Hör mal, ich hatte noch keine Gelegenheit, dein –«

»Schon okay«, fiel er ihr ins Wort. »Hab das Referat über Roosevelt schon grob umrissen.« Er hielt ihr ein Blatt hin. »Wie sich rausstellte, gab's anscheinend zwei Präsidenten Roosevelt, und deshalb wusste ich nicht genau, über welchen ich schreiben sollte ... also hab ich über beide geschrieben.« Er hielt ihr ein zweites Blatt hin. »Und ich weiß ja, das sie reichlich kurz sind, aber ich kann sie ja noch ausschmücken. Oh, und hier ist die Bibliografie.«

Sprachlos nahm Willow ein drittes Blatt entgegen. Percy trat verlegen von einem Fuß auf den anderen. »Und ich kann's auch noch mal schreiben, wenn du willst«, sagte er zuvorkommend. »Sag mir einfach, was ich falsch gemacht habe und – und ich werd mich wieder dranmachen.« Er drehte sich um und eilte davon, während Willow sitzen blieb und völlig verblüfft das vollendete Referat anstarrte.

Sie wollte gerade etwas zu Buffy sagen, als sie merkte, dass Percy schon wieder da war. Er beugte sich vor und legte behutsam einen glänzenden roten Apfel auf die Papiere in ihrem Schoß. Dann machte er sich wieder davon.

Willow und Buffy saßen einige Sekunden sprachlos da. Dann wiederholte Buffy ihre frühere Frage: »Gehst du heute Abend aus?«

Willow schaute auf den Apfel, dann dem sich entfernenden Percy nach. »Wäre neun Uhr okay?«

TAGEBUCHEINTRAG:

Diesmal wage ich es nicht, mein Computer-Tagebuch zu vernachlässigen, denn sonst würde ich völlig den Faden verlieren. Die Dinge passieren mit solch atemberaubender Geschwindigkeit, dass ich schon jetzt befürchte, etwas Wichtiges vergessen zu haben – und wer sonst sollte die Dinge aufschreiben?

Giles vielleicht? Aber wie würde sich das dann lesen? (nicht zu vergessen den korrekten Brit-Akzent): überall lateinische Zitate und Querverweise auf Dämonen und viele *obgleichs* und *weswegens* oder ähnliche obskure Wörter, die er im Rat der Wächter gelernt hat.

Okay, die megaschlimmste Sache im Augenblick – na ja, nicht nur im Augenblick – ist eine, die keiner glauben kann: Faith ist eine Schurken-Jägerin geworden.

Wir wussten gar nicht, dass es so etwas gibt – aber sie ist bestimmt ein Paradebeispiel dafür. Faith arbeitet als Privatjägerin für diesen fürchterlichen Bürgermeister Wilkins! Wer hätte das gedacht? Sie hat versucht, Angel mit einem Zauber wieder auf die dunkle Seite zu ziehen. Natürlich hatte sie es vorher mit der *normalen* Taktik probiert. Aber die ist fehlgeschlagen. Trotzdem gab es deswegen eine Menge Spannungen zwischen Buffy und Angel, deren Beziehung bis heute noch nicht wieder ganz ins Lot gekommen ist. Den Verdacht wollte sie auf Buffy lenken – und das ist ja nun wirklich link! Jedenfalls kriegten wir heraus, dass der Bürgermeister etwas plant, das sich die *Himmelfahrt* nennt, und sich voraussichtlich auf der Schulabschlussfeier ereignen soll. Giles wusste, dass die letzte Himmelfahrt eine ganze Stadt vom Erdboden gewischt hat – und das ist wirklich nicht lustig, oder? Als ob die Herausforderung, vier Jahre High School zu schaffen, nicht genügte. Der Bürgermeister, der sich inzwischen sogar unsichtbar machen kann, besitzt eine Menge schlauer Bücher für dieses große Ereignis. Leider haben wir noch keines davon gefunden.

Faith ist immer noch fleißig damit beschäftigt, dem Bürgermeister bei der Verwirklichung dieser Himmelfahrts-Pläne zu helfen – wie schon gesagt, ich wünschte, wir wüssten, was sie wirklich vorhat. Ich kann einfach nicht glauben, dass sie sich einfach so der dunklen Seite angeschlossen hat. Wir alle müssen unsere Entscheidungen treffen, und jeder von uns hat seine ganz besonderen Fähigkeiten, um den immer währenden Kampf gegen das Böse in Sunnydale zu unterstützen. Sogar Xander trägt ... äh ... irgendwas dazu bei. Ich habe meine Kräfte als Wicca, die zugegebenermaßen noch nicht voll entwickelt sind, an denen ich aber arbeite. Und Faith ist eine Jägerin – sie besitzt so viel Kraft und Macht, die dem Guten nützen könnten. Himmel, wenn ich nur ein Viertel davon hätte, ich würde Buffy und Giles helfen, Sunnydale vor dem Höllenschlund zu bewahren. Wer weiß, was für einen Riesenfortschritt wir dann machen würden?

Manchmal können Kleinigkeiten die Waagschale zu deinen Gunsten beeinflussen und die Welt völlig verändern. Es macht mir richtig Angst, dass Faiths Entscheidung für die dunkle Seite vielleicht das Zünglein an der Waage ist, das das Gleichgewicht zwischen Gut und Böse in dieser Stadt zum Kippen bringt.

Ich meine, wenn es so ist, was können wir oder ich dann noch tun, um die Dinge wieder ins Lot zu bringen?

Akte:
Die Box von Gavrock

Prolog

Um dem Bürgermeister einen Gefallen zu tun, hatte sie gehorsam die Augen geschlossen. Obwohl sie es hasste, nicht sehen zu können, was als Nächstes passierte.

»Na schön, du kannst jetzt wieder gucken«, sagte Bürgermeister Wilkins.

Faith öffnete die Augen und sah eine Schachtel vor sich stehen. Sie saß auf dem Sessel des Bürgermeisters hinter seinem Schreibtisch und hatte links neben sich einen Teller mit seinen Lieblingsplätzchen stehen – und jetzt das: eine hübsche, längliche rubinrote Schachtel mit einer riesigen weißen Taftschleife. Besser konnte es gar nicht mehr werden.

»Super!«, freute sie sich. »Womit habe ich das verdient?«

»Faith«, sagte er mahnend. »Als ob ich einen Grund brauchte, um dir zu zeigen, wie sehr ich dich mag.« Er ließ sich auf einem Stuhl nieder und war sehr darauf bedacht, seinen sorgfältig gebügelten Anzug nicht zu zerknittern. »Oder um dir zu danken, dass du für mich einen kleinen Auftrag am Flughafen erledigen wirst ...«

Faith hatte schon an der Schleife gezupft, doch nun hielt sie inne. Hab ich's mir doch gedacht. »Flughafen? Und was kommt als Nächstes? Soll ich einem Kumpel von Ihnen helfen, Möbel zu schleppen?«

»Hier gibt es nichts umsonst, junge Dame«, wandte der Bürgermeister streng ein. »Weißt du, ich habe das Gefühl, hier ist jemand ein kleines bisschen verwöhnt, wie?« Er beugte sich vor und streckte die Hand nach dem Geschenk aus. »Vielleicht sollte ich das lieber wieder zurücknehmen.«

Doch schon hatte Faith die Schachtel näher an sich gezogen. »'tschuldigung«, sagte sie rasch. Er schaute sie abwartend an. »Sir.«

Es dauerte noch einen Moment, doch dann entspannte er sich, nahm den Teller mit den Plätzchen und hielt ihn ihr auffordernd hin. »So ist's brav. Noch eins?« Faith gehorchte ohne zu zögern.

»Also«, sagte er und lehnte sich wieder zurück. »Morgen Nacht kommt ein Päckchen aus Mittelamerika. Der Inhalt ist – ich kann es gar nicht genug betonen – immens wichtig für meine Himmelfahrt. Denn ohne ihn ...« Er wies mit ausholender Geste auf die Kekse. »Nun, was wären diese Cookies ohne die Schokoladenstückchen?«

Faith kaute genussvoll ihr Plätzchen und überlegte: Nix Besonderes.

»Eine ziemlich herbe Enttäuschung, das kann ich dir sagen«, stimmte der Bürgermeister zu. Plötzlich wechselte er das Thema. »Mach jetzt dein Geschenk auf.«

Nun, da sie die Erlaubnis hatte, stellte Faith die Schachtel wieder auf den Schreibtisch und riss sie auf. Als sie den Deckel anhob, war sie so verblüfft, dass sie geschlagene fünf Sekunden lang nichts anderes tun konnte als hineinzustarren.

»Siehst du«, meinte Wilkins erfreut. »Dein glückliches Gesicht ist mir Dank genug.«

Faith holte das Geschenk aus der Schachtel und hielt es hoch. Es war ein massives, reich verziertes Jagdmesser mit schwarzem Horngriff und gebogenen Stacheln am Heft. Etwas Ähnliches hatte sie noch nie besessen. »Das ist ja wunderschön, Boss.«

Wilkins nickte. »Hat auch 'ne hübsche Stange Geld gekostet, also gib darauf Acht. Und pass auf, dass du niemandem ein Auge ausstichst.« Er kam um den Tisch herum, holte eine Rolle Plastikfolie aus der Schublade und packte umständlich die Kekse ein. »Nicht, ehe ich es dir befehle.«

Faith drehte das Messer. Die Klinge reflektierte den Schein der Lampen. Sie grinste ihn verschlagen an. »Und – haben Sie bestimmte Augen im Auge?«

Oh, wie hässlich, dachte Buffy.

Dieser hier war eine Frau und sah schlimmer aus als die meisten – vielleicht war sie schon sehr, sehr alt gewesen, als sie zum Vampir wurde. Aber warum hatte sich ihr Schöpfer überhaupt so eine Mühe gegeben?

Während sie noch darüber nachdachte, griff die Kreatur wieder an. Fauchend kam ihr das faltige Antlitz entgegen. Die langen schwarzen Haare, in die sich viele graue Strähnen mischten, wehten wie ein Schleier hinter ihr her. Buffy erwischte die Frau mit einem Roundhouse-Kick und schleuderte sie –

– genau auf Angel.

Der Bowlingkugel-Effekt riss ihren Freund gerade in dem Moment zu Boden, als er einen jungen Mann mit einem Schlag außer Gefecht setzte. Buffy zuckte zusammen. »Sorry, Honey!«

Angel blinzelte leicht. »Ist schon okay.« Er warf sich blitzschnell herum, packte die Vampirin und pfählte sie, bevor sie fortkriechen konnte. Als ihr junger Gefährte sich auf Buffy stürzte, machte er, schneller als ihm lieb war, Bekanntschaft mit Mr. Spitz, ihrem Holzpflock, der ihn alsbald ins Land des Staubes beförderte.

Hmmmmm, dachte Buffy. Ältere Frau, jüngerer Typ ... Mutter und Sohn? »Das ist was, das man nicht jeden Tag sieht«, meinte sie. Nun, so ganz stimmte das auch nicht. »Wenn man nicht gerade die Jägerin ist.«

»Das war ziemlich gut«, meinte Angel im Aufstehen. »Sollen wir weitermachen?«

Buffy verzog das Gesicht. »Dafür leb ich ja. Traurig genug.«

Er schaute sie forschend an. »Bist du zu müde?«

»Nein. Nur ...« Sie schaute zu Boden, dann hob sie den Blick. »Findest du nicht, dass wir irgendwie immer im gleichen Trott sind?«

»Trott?«

»Du führst mich nie woanders hin.« Sie hörte sich an wie ein schmollendes kleines Mädchen. Sogar in ihren eigenen Ohren klang es so. Und wenn schon – sie hatte das Gespräch schließlich mit einer bestimmten Absicht angefangen.

Angel jedoch starrte sie verwirrt an. »Wie wär's denn mit Höhlen am Strand, dem Schlupfwinkel der Feuerdämonen? Das wär doch mal eine nette Abwechslung!«

Das war eigentlich nicht das, was sie sich vorgestellt hatte. »Soll das unsere Zukunft sein?«, fragte sie. »Ich meine, genau so werden wir unsere Nächte verbringen, wenn ich um die fünfzig bin und du ...«, sie schauderte, »... genauso alt wie jetzt?«

Plötzlich knurrte etwas nur einen Meter entfernt im Gebüsch. Es war der vertraute, löwenartige Ruf eines Vampirs kurz vor seinem Angriff.

Angel blickte sofort in die Richtung. »Dazu musst du erst mal fünfzig werden.«

Wieder hörte man ein Knurren. » Der Plan gefällt mir«, gab Buffy zu.

Schicksalsergeben stürzten sich die beiden wieder in den nächtlichen Kampf.

1

Also, das war doch wirklich ein guter Start in den Tag! Die Sonne schien, man bekam Saft und Toast zum Frühstück – selbst die Tatsache, dass man versuchen musste, die Hausaufgaben noch hinzukriegen, machte Buffy nicht so viel aus. Wenn doch nur alle Tage so beginnen würden!

»Buffy?«

Ups.

»Wann wolltest du mir das erzählen?«, fragte Joyce, als sie in die Küche kam.

Widerwillig hob Buffy die Hände, um die Ohrringe abzunehmen. »Na schön, erwischt. Ich hab geglaubt, du würdest es nicht merken.«

Doch die Mutter hielt einen dicken Umschlag in der Hand. »Du bist an der Northwestern University angenommen worden?« Joyce streckte die Arme aus und drückte ihre Tochter an sich. »Honey, ich bin ja so stolz auf dich! Das ist großartig!«

»Stimmt«, sagte Buffy lakonisch. »Das ist … großartig.«

Ihre Mutter strahlte vor Freude. »Ich meine, es kostet eine Menge, aber ich weiß, wir schaffen's, wenn dein Vater was dazu tut. Und es ist ja nicht so, dass die Northwestern die Einzige ist, dir dir offen steht. Obwohl es natürlich eine große Universität ist.« Joyce blickte auf den Umschlag in ihrer Hand, und ihr Lächeln wurde noch breiter. »Ich bin so stolz auf dich.«

»Das hast du schon gesagt.«

Joyce nickte und schaute sie an. »Und ich werd es immer wieder sagen.«

»Mom«, begann Buffy. »Du weißt doch, dass ich nicht ...« Sie brach ab. Sie konnte es nicht übers Herz bringen, das glückliche Strahlen ihrer Mutter auszulöschen. Obwohl sie wusste, dass sie ehrlich sein sollte und gleich jetzt und hier klarmachen, dass –

Aber sie kniff.

»Ich kann mich noch nicht entscheiden«, hörte Buffy sich sagen. »Ich muss *erst mal* drüber schlafen, verstehst du? Ich muss es mir durch den Kopf gehen lassen.«

Joyce drückte ihren Arm. »Das weiß ich doch, Sweetheart. Ich freu mich nur so, dass dir so viele Möglichkeiten offen stehen.« Plötzlich kam ihr eine Idee. »Ohh, deine Tante Arlene lebt doch mit ihrer Familie in Illinois – ich muss sie unbedingt anrufen und es ihr erzählen.« Sie nahm den Umschlag und eilte zum Telefon.

Buffy stand auf und raffte ihre Schulsachen zusammen. Sie hatte erst zwei Schritte gemacht, als –

»Äh, Buffy?«

Sie blieb stehen und sah ihre Mutter an, die den Hörer zwischen Kopf und Schulter geklemmt hatte, während sie die Nummer wählte. »Ich weiß, du bist stolz auf mich.«

Joyce zog eine Augenbraue hoch. »Vergiss nicht, meine Ohrringe wieder in die Kommode zu legen, bevor du gehst.«

Mist.

Als Buffy die Treppe hocheilte, hörte sie ihre Mutter am Telefon. Jedes einzelne Wort tat weh.

»Arlene? Hier ist Joyce. Hi, wie geht's? Du wirst es nicht glauben, an welcher Uni Buffy angenommen worden ist ...«

Snyders Mund zuckte, als er auf dem Weg in sein Büro den Schulcampus überquerte. Es war Pause, und überall lungerten Schüler herum. Sie räkelten sich auf dem Rasen oder lümmelten sich auf den Bänken – es war wie ein Parasitenbefall, Herrgott noch mal! Eine Invasion unkontrollierbarer Plagegeister. Wenn es nach ihm ginge, würde er diese Schule wie eine Militärakademie führen –

A-ha!

Da, an einem Tisch, genau vor ihm, reichte ein Schüler in einem weißen Hemd einem seiner Kameraden eine braune Papiertüte. Man durfte keine Zeit verlieren! Snyder marschierte auf sie zu und riss die Tüte an sich. »Okay, was ist da drin?«, verlangte er zu wissen.

Der Junge, der sie gerade hatte öffnen wollen – Snyder gab ihm den Namen *Red* wegen dem roten Pullover, den er trug – starrte ihn offenen Mundes an. »Mein Lunch.«

Verächtlich kräuselte der Rektor die Lippen. »Ist das der neueste Drogen-Jargon?«

Die beiden Kids waren fassungslos. »Nein«, beharrte Red, »das ist mein Lunch.«

Ohne auf ihn zu hören, machte Snyder die Tüte auf und schaute hinein.

Da waren in Folie verpackte Sandwiches, eine Apfelsine und ein paar Haferkekse mit Rosinen. Verdammt, er konnte noch nicht mal behaupten, dass es ungesund war.

Ohne ein weiteres Wort gab er Red die Tüte zurück und wandte sich zum Gehen. Der andere Junge, der sich so weit zurückgelehnt hatte, dass er fast hintenüber kippte, bekam dennoch eine Abreibung. »Sitz gerade!«, herrschte ihn Snyder an.

Dann stakste er davon, wachsame Blicke zu allen Seiten werfend. Die Kids waren überall, und daher auch die Drogen und wer wusste, was noch alles.

Er würde in seiner Wachsamkeit nicht nachlassen.

Von weiten hatte Willow die Szene beobachtet. Ängstlich hielt sie Ausschau, ob er etwa zu ihr herüberkäme, aber nachdem er irgendwas mit der Lunchtüte des einen Jungen angestellt hatte, verzog sich das kleine Rattengesicht in die andere Richtung.

Gottseidank, das Leben hielt noch angenehme Überraschungen bereit.

Oz saß neben ihr am Tisch und hatte den Arm um ihre Schultern gelegt. Nun wandte Willow ihre Aufmerksamkeit wieder Buffy zu, die vom Gespräch mit ihrer Mutter berichtete. »Hört sich an, als ob deine Mom nun das Land des Leugnens betritt.«

Buffy lächelte dünn. »Es ist eher ein ganzer Kontinent. Sie muss doch begreifen, dass ich nicht weggehen kann.«

»Nun ja, vielleicht jetzt nicht«, meinte Willow. »Aber bald. Vielleicht.« Als Buffy sie nur traurig ansah, zuckte Willow zusammen. »Vielleicht werde auch ich euch eines Tages aus dem Lande des Leugnens grüßen.«

Buffy zuckte die Achseln. »University of California, Abteilung Sunnydale – immerhin bin ich hier aufgenommen worden.« Ihre Miene hellte sich sichtlich auf. »Aber du – ich kann's nicht glauben, dass du in Oxford reingekommen bist!«

Willow holte tief Luft. »Ist ganz schön aufregend.«

»Da kannst du dich in der Wissenschaft vergraben«, bemerkte Oz.

Buffy grinste. »Dort produzieren sie Giles-Typen.«

»Ich weiß! Und ich kann lernen bis zum Abwinken.« Ihre Begeisterung verebbte schon wieder. »Aber ich weiß gar nicht, ob es mir so gefällt, in einem fremden Land zu studieren.«

»Alles im Leben ist fremdes Land«, schaltete sich Xander ein, der unter einem Baum lag. Er klang weise – sehr viel weiser, als er in Wirklichkeit war. Er hielt das Buch hoch, in dem er gerade las: *Unterwegs.* »Kerouac«, teilte er den anderen mit. »Das ist mein Lehrer. Und die große Straße ist meine Schule.«

Buffy kicherte. »Dann mach doch in einem offenen Müllcontainer deine Cafeteria auf.«

Xander schniefte pikiert. »Mach dich ruhig über mich lustig!«

»Ich glaub, das hat sie grad getan«, erklärte Oz höflich.

»Diejenigen, die gegen das Establishment sind, wurden immer schon verfolgt«, verteidigte sich Xander.

»Na ja, klar«, erwiderte Oz. »Sind ja auch alle verrückt.«

»Ich fände es nett«, warf Willow ein, »wenn du dich mit deinem Rucksack auf die große Wanderung begeben würdest.«

Doch Xander schien tatsächlich stolz auf sich zu sein. »Ist mir ja klar, dass es für manche Leute abgeschmackt klingen muss, aber für mich wär's bestimmt gut, glaub ich. Würde mir helfen, mich selbst zu finden.«

»Und uns, dich zu verlieren«, erklang plötzlich Cordelias ätzender Spott. »Dann hätten wir alle was davon.«

Willow und die anderen schauten zu ihr hoch, als sie an den Tisch trat. Xander klappte sein Buch zu. »Nun schaut doch mal, wer grade 'ne frische Flasche Gift aufgemacht hat«, sagte er in einem beißenden Ton. »Hey, Cordy, hast du schon gehört, dass Will nach Oxnard geht?«

»Oxford«, berichtigte Willow automatisch.

»Und auf die Technische Hochschule von Massachusetts und nach Yale und sämtliche andere Unis dieses Planeten?« fügte Xander hinzu. Er wirkte sehr zufrieden mit sich.

Doch Willow hätte ihn am liebsten ruhig gestellt. Das konnte doch nur Streit geben!

Und richtig. Cordy schluckte den Köder und legte ihrerseits los. »Oxford, na irre. Vier Jahre im Zentrum der Teebeutel hört sich ja nicht gerade aufregend an. Und die Uni in Massachusetts ist 'ne Clearasil-Werbung samt Wohnheim, und Yale die Müllkippe für die Leute, die's nicht in Harvard geschafft haben.« Sie warf Willow einen hochmütigen Blick zu.

»Ich bin in Harvard angenommen worden«, protestierte Willow leise.

Das setzte Cordy lange genug matt, sodass Xander sich wieder aufplustern konnte. »Hast du denn irgend'ne Ahnung, welches College du besuchen wirst?«, fragte er seine Verflossene. »Damit wir uns schon mal den Mindest-Sicherheitsabstand ausrechnen können?«

»Geht dich wohl kaum was an«, gab Cordelia spitz zurück. »Bestimmt nicht in der Nähe von euch Verlierern.«

Buffy verschränkte die Arme vor der Brust. »Vergesst nicht, zwischen den Beleidigungen auch mal Luft zu holen, Leute.«

Cordelia warf Buffy einen Blick zu, der nicht anders als böswillig bezeichnet werden konnte. »Sorry, Buffy. Dieses Gespräch führen nur Leute, die auch wirklich eine Zukunft haben.«

Willow sah, wie Buffy zusammenzuckte. Cordelia nahm die Gelegenheit wahr und stolzierte siegessicher davon.

Einen langen Augenblick sagte niemand etwas. Dann schaute Oz Buffy an. »Eine wirklich zornige junge Frau.«

»Oh, Buffy, du weißt doch, wie ekelhaft Cordelia sein kann«, versuchte Willow sie zu trösten. Sie hasste es, ihre beste Freundin so verletzt zu sehen. »Das war einfach nur besonders gemein. Du darfst sie gar nicht beachten.«

»Bei der ist doch wirklich 'ne Schraube locker«, schnaubte Xander.

Willow warf ihm einen vorwurfsvollen Blick zu. »Wäre vielleicht nicht passiert, wenn du sie nicht so angestachelt hättest!«

»Ich kann nichts dagegen tun«, sagte Xander, der alles andere als schuldbewusst wirkte. »Das ist nun mal meine Natur.«

Willow betrachtete ihn stirnrunzelnd. »Vielleicht solltest du dich mal um eine bessere Natur bemühen?« Sie wandte sich wieder an Buffy, aber die Jägerin hatte nicht zugehört. Stattdessen starrte sie gedankenverloren auf die Tischplatte.

2

Sie hatte ja gewusst, dass es ihn schockieren würde, aber Wesley starrte sie so entrüstet an, als seien ihr plötzlich drei zusätzliche Köpfe gewachsen.

»Ich verstehe das nicht«, sagte er.

Sie waren gemeinsam in die Bibliothek gegangen, und nun blieb Buffy stehen und wandte sich ihm zu. »Also, ich glaube nicht, dass ich noch langsamer reden kann, Wes. Ich will fortgehen.«

»Wie?«, fragte er völlig verwirrt. »Jetzt gleich?«

»Nein, nicht sofort«, antwortete Buffy. Sie kam sich vor, als würde sie versuchen, einem Fünfjährigen Physik zu erklären. War das denn wirklich so schwer zu verstehen? »Nach dem Abi.« Er starrte sie weiter verständnislos an. »Uni?«, rief sie ihm ins Gedächtnis.

Wesley blinzelte heftig. »Aber ... du bist eine Jägerin.«

Buffy knirschte mit den Zähnen, während sie den Rucksack abstreifte. »Stimmt, aber ich bin auch ein Mensch. Sie können mich nicht nur über meine Eigenschaft als Jägerin definieren – das ist ein ... Dingsda-ismus. Verdammt, wie heißt noch mal das Wort, das ich suche?«

Giles kam aus seinem Büro, die unvermeidliche Tasse Tee in der Hand. Er hatte gelauscht. »Buffy, ich weiß, dass wir darüber geredet haben, ob du weggehen –«

»Ich bin an der Northwestern angenommen worden«, unterbrach sie ihn glücklich.

Dem Bibliothekar fiel der Unterkiefer herunter, aber dann lächelte er erfreut. »Das sind ja wunderbare Neuigkeiten. Ich wünsch dir viel Glück!«

»Jetzt hört mal zu!«, schaltete sich Wesley barsch ein. »Was ist mit Ungeheuern, Dämonen – mit einer Welt, die in Gefahr schwebt?«

»Ich wette mit Ihnen, in Illinois haben die das alles auch«, meinte Buffy.

»Du kannst Sunnydale nicht verlassen.« Wesley richtete sich kerzengerade auf und legte beide Zeigefinger überkreuz auf sein Herz. »Bei der Macht, die mir der Rat verliehen hat«, verkündete er steif, »verbiete ich es dir!«

Buffy verdrehte die Augen. Verärgert rief Giles: »Oh ja – und damit wäre die Sache dann erledigt.«

Wesley drohte Buffy mit mahnendem Finger und trat näher auf sie zu. »Jetzt, wo Faith den dunklen Weg gewählt hat und die Himmelfahrt des Bürgermeisters ansteht –«

»Ich weiß ja, dass es schwierig ist«, fiel Buffy ihm ins Wort. »Ich bin mir vollkommen bewusst, dass mein Abi, wie viele andere Dinge in meinem Leben, vielleicht erst nach meinem Tod stattfinden wird. Aber was ist, wenn ich diese Himmelfahrt ... aufhalte? Was, wenn ich Faith gefangen nehme?«

Giles setzte sich auf einen Stuhl, nahm die Brille ab. »Ich hoffe ja sehr, dass du es schaffst, aber –«

»Und wenn ich das tue«, fuhr Buffy hastig fort, »dann müsst ihr nur noch während des Schuljahrs die harmlosen Feld-, Wald- und Wiesenmächte des Bösen in Schach halten, während ich den Rest in den Ferien erledige.« Sie wartete, aber die beiden schwiegen. »Könnte man nicht wenigstens darüber nachdenken?«

Wesley versuchte immerhin, Zugeständnisse zu machen. »Wenn die Umstände vielleicht andere wären.«

»Dafür werde ich sorgen«, versprach Buffy.

Wesley furchte die Stirn. » Und wie?«

»Ich hab es satt, darauf zu warten, dass Bürgermeister McSchäbig seinen ersten Zug macht, während wir auf heißen Kohlen sitzen und die Tage bis zur Himmelfahrt zählen.« Sie ballte die Fäuste. »Ich sage, lasst uns anfangen zu kämpfen.«

»Nein«, widersprach Wesley. »Nein. Das ist viel zu leichtsinnig. Diesmal sind wir wirklich im Nachteil. Wir wissen überhaupt nichts über die geplante Himmelfahrt.«

»Sie hat Recht«, entgegnete Giles, der aufgestanden war. Wesley musterte ihn wütend, aber Giles fuhr unbeirrt fort. »Die Zeit läuft uns davon. Wir müssen in die Offensive gehen.« Er wandte sich an Buffy. »Wie sieht dein Plan aus?«

Buffy hatte schon über beide Ohren gestrahlt, aber das verging ihr rasch. »Soll ich etwa einen Plan haben?« Sie schaute ihn an. »Echt? Kann ich nicht einfach wie üblich hyperaktiv drauflosschlagen?«

Giles musste wider Willen grinsen. »Nein. Wenn du den Kampf beginnen willst, dann sollte dein erster Schritt darin bestehen herauszufinden, was sie vorhaben.«

»Oh«, machte Buffy. »Das wusste ich schon. Ich dachte, Sie meinen einen besonderen Plan. Karten und so ’n Zeugs.« Giles und Wesley sagten nichts darauf. Buffy straffte ihre Schultern und nahm ihren Rucksack wieder auf. »Schön. Dann finde ich heraus, was sie vorhaben.«

Dieser Teil des Flughafens lag sehr weit außerhalb: Es war das hinterste Rollfeld, verborgen vor neugierigen Blicken. Das Einzige, was sich bewegte, war eine einmotorige, sehr leise Propellermaschine, die ungefähr 25 Meter vor der schwarzen Limousine des Bürgermeisters zum Stehen kam. Dann wurde der Motor abgestellt, die Tür geöffnet und eine kleine Metalltreppe heruntergelassen. Im nächsten Augenblick trat jemand auf die Treppe, von dem man zuerst nur die Stiefel sah – billige hellgraue Cowboystiefel aus Schlangenleder. Gucken diese Drogentypen eigentlich nie in den Spiegel?, dachte Faith verächtlich.

Als Nächstes sah sie die Box – die lang erwartete Box für den Bürgermeister. Sie war aus dunklem Metall, reich verziert und mit schweren Riegeln versehen. An der einen Seite befand sich ein Tragegriff, der mit Handschellen am Handgelenk des Kuriers angekettet war.

Dieser Mensch war das typische Beispiel für Männer, die keinen Geschmack hatten! Als ob die Stiefel, das hässliche Jackett und das grauenvoll gemusterte Hemd nicht gereicht hätten, musste der Typ auch noch sein fettiges Haar mit einem straffen Pferdeschwanz zusammenhalten. Gekrönt wurde das Ganze von einer tätowierten Schlange, die sich vom Hals aufwärts bis zur Stirn hinaufschlängelte.

Wie unauffällig!, dachte Faith.

Von ihrem Aussichtspunkt beobachtete sie, wie der Typ mit wiegenden Schritten auf den Fahrer des Bürgermeisters zuging, einen schüchternen, mageren Vampir, der ungefähr so viel Rückgrat besaß wie die Schlange auf der Haut des Kuriers.

»Ist er im Wagen?«, fragte Snake Face mit rauer Stimme.

Der Fahrer öffnete die hintere Tür und wies mit einer Handbewegung ins Innere des Wagens. »Nein. Ich bringe Sie zu ihm.«

Verärgert trat der Kurier mit der Stiefelspitze gegen die Tür. »Der Bürgermeister sollte persönlich kommen«, knurrte er. »Mit dem Geld.«

Der Fahrer hob nervös die Schultern. »Ich –«

»So, so«, meinte der Kurier verächtlich. »Tja, dann ist der Preis jetzt gestiegen. Ich mag keine Überraschungen.«

Diese Worte ließen Faith hämisch grinsen. Ganz sachte krümmte sie die Finger.

Man hörte ein scharfes Pfeifen in der Luft, und der Kurier zuckte zusammen. Mit weit aufgerissenen Augen starrte er zunächst nach vorn, dann auf seine Brust, als wollte er nicht glauben, was er da sah –

– es war die Spitze eines Pfeils, die mitten aus seinem Brustkorb hervorragte.

Er taumelte nach vorn und landete auf dem Gesicht. Der Rest des Pfeiles stieß aus seinem Rücken hervor. Während der Fahrer immer noch ungläubig auf den toten Mann starrte, klemmte Faith ihre Armbrust unter den Arm, lief dann zum Rand des niedrigen Lagerhauses, auf dem sie gelauert hatte und sprang hinunter.

Als sie das Rollfeld überquert hatte und zu dem Fahrer ging, war dieser immer noch zu Tode erschrocken. »Du hast ihn getötet!«

»Wer bist du, der Märchenerzähler?«, fragte Faith abfällig. »Hol mal den Schlüssel für die Handschellen raus.«

Er sah sie ängstlich an, dann bückte er sich und durchsuchte die Taschen des Toten, schüttelte den Kopf. »Nichts.«

Oh ... zu dumm. Faith steckte eine Hand unter ihre Lederjacke und zog aus dem Hosenbund das wunderschöne Messer hervor, das der Bürgermeister ihr geschenkt hatte.

Der Fahrer beäugte es argwöhnisch, dann die Box auf dem Boden, die direkt neben dem toten Kurier stand. »Damit kann man aber keinen Stahl schneiden.«

Faith hielt die Klinge hoch, sodass sie im Licht blitzte, dann grinste sie. »Nein. Aber Knochen.«

Düster, ausgestorben und überall hungrige Vampire – das war eine typische Nacht in Sunnydale. Endlich wurde Buffys geduldiges Ausharren im Gebüsch vor dem Rathaus belohnt. Die Limousine des Bürgermeisters bog in die Auffahrt ein und hielt vor dem Gebäude an. Buffy sah den Fahrer aussteigen und die hintere Tür öffnen. Eine Sekunde später sprang Faith heraus, beide Arme um eine große schwarze Box geschlungen, deren Inhalt vermutlich genau derjenige war, den der Bürgermeister für sein Himmelfahrtsprojekt noch brauchte. Faith sah sich automatisch um, lief dann blitzschnell die Treppe zum Regierungsgebäude hoch und verschwand.

Buffy verbarg sich wieder in den Büschen. Als der Fahrer in die Limousine einstieg, folgte sie dem Wagen zu den Parkplätzen auf der Rückseite des Gebäudes. Sie wartete, bis Licht und Zündung ausgeschaltet waren, um im gleichen Augenblick das Fahrerfenster einzuschlagen und den Fahrer herauszuzerren.

Überraschungsangriffe hatten den meisten Erfolg.

»Also«, fragte sie mit ihrer schönsten Mädchenstimme, »was ist in der Box?«

Schwungvoll stürmte Faith durch die Türen ins Bürgermeisterbüro und stellte die schwarze Box auf eine Ecke seines Schreibtisches.

»Ho-ho, da ist sie ja!«, rief der Bürgermeister aus. Er stand auf, griff dann in seine Jacketttasche und holte einen Umschlag heraus. »Äh – wo ist denn der Kurier? Ich sollte ihn doch bezahlen.«

»Ach ja«, meinte Faith lässig. »Ich ... hab ihm ein Angebot gemacht, das er nicht überleben konnte.« Sie grinste, nahm ihrem Boss den Umschlag aus der Hand, schaute hinein und warf einen zufriedenen Blick auf die vielen Scheine.

Bürgermeister Wilkins war zunächst erstaunt, aber dann lachte er. »Du bist ja ein Teufelsmädel! Meine Güte, was für eine Initiative, was für eine Cleverness!«

»Nur weiter, nur weiter!« Faith sonnte sich in seinem Lob.

»Sicher, sicher«, sagte er, während sie sich im Besucherstuhl niederließ. »Ich – also bitte!«

Faith zuckte zusammen, dann merkte sie, dass er von den Stiefeln, die sie auf seinen Tisch gelegt hatte, unangenehm berührt war. Ups.

Als die Füße wieder ordentlich auf dem Boden standen, entspannte sich Wilkins und fuhr fort: »Wenn Buffy Summers jetzt hereinkäme und sagte, sie wolle auf unsere Seite wechseln, dann würde ich ihr antworten: ›Nein danke, Schwester. Ich hab schon die beste Jägerin, die ein Mann sich wünschen kann!‹«

Na super, dachte Faith. Immer kommt er auf Buffy zurück. Sie traute sich aber nur, laut zu seufzen.

Fragend sah Wilkins sie an. »Was ist?«

Warum sollte sie sich die Mühe machen, es ihm zu erklären. »Nichts.«

Doch er hatte schon begriffen. »Oh ... weil ich das B-Wort benutzt habe. Jetzt sag nicht, dass du immer noch wegen dieser Buffy-Angel-Geschichte sauer bist?«

»Nein, darüber bin ich hinweg.« Faith stand auf und wanderte im Zimmer umher. »Sie kann ihn haben.«

»Daran solltest du auch festhalten«, sagte Wilkins aufgeräumt. »Sie verdient diesen armseligen Ritter der Nacht.«

Er wandte sich ab und rückte irgendwas auf dem Beistelltischchen zurecht. Faith, die nur halb zugehört hatte, schob die beiden Riegel an der Vorderseite der Box zurück und wollte den Deckel heben. In dem Augenblick drehte sich der Bürgermeister wieder um. »Du hingegen –«

Faith hätte nie geglaubt, dass der Alte so schnell sein konnte – er schnellte aus seinem Sessel hervor und knallte den Deckel wieder zu. Seine ängstliche Miene verzerrte sich zu einem maskenhaften, teuflischen Lächeln.

»Tu das ja nicht!«

3

»Die Box von Gavrock«, sagte Buffy zu Xander und Wesley, während sie sich vorbeugten und einen hohen Stapel Nachschlagewerke auf dem Tisch musterten. »Sie besitzt eine große dämonische Energie, die sich seine Hoheit einverleiben möchte, wenn der große Tag gekommen ist.«

Willow und Giles gesellten sich zu den anderen und rollten einen Bauplan aus. Buffy und Xander beschwerten die Ecken mit Büchern.

»Was ist das?«, fragte Wesley.

Giles schaute Buffy an. »Karten und so ein Zeugs.«

»Pläne vom Rathaus«, erklärte Willow. »Hab ich im Zentralcomputer für die Wasser- und Energieversorgung gefunden.«

»Die Box wird in einem Konferenzsaal im oberen Stock aufbewahrt und bewacht.« Buffy suchte auf dem Plan, bis sie fand, was sie suchte. »Da. Leider war das alles, was ich aus meinem Informanten herausbekommen konnte, bevor seine aggressive Haltung mich zwang, ihn mit Mr. Spitz bekannt zu machen.«

Wesley nickte weise. »Nun denn«, begann er. »Also ich denke, wir sollten Folgendes tun –«

»Ich schätze, wir können durchs Oberlicht einsteigen«, unterbrach ihn Buffy. »Ich nehme Angel mit.«

»Einverstanden«, sagte Giles.

Xander tippte auf einen Punkt auf der rechten Seite des Plans. »Da gibt's eine Feuerleiter auf der Ostseite des Gebäudes.«

»Ja, schön«, meinte Wesley. »Aber ihr müsst immer noch bedenken, ob –«

»Es wird aber nicht reichen, sich nur der Box zu bemächtigen«, bemerkte Giles. Er griff unter den Plan und holte eins der alten Bücher hervor, schlug es rasch auf und suchte die gewünschte Seite.

»Genau«, setzte Willow hinzu. »Wir müssen sie mit einem Ritual zerstören.« Sie grinste fröhlich. »Mit richtig schmutziger Magie.«

Wesley richtete sich gerade auf. »Jetzt wartet mal. Wir wissen doch gar nicht, was wir für ein solches Ritual brauchen.«

»Ich glaube, der *Atem der Entropie* ist die standardmäßige Vorgehensweise für so einen Gegenstand«, sagte Giles unverzüglich. »Ein äußerst einfacher Zauber.«

Er reichte das Buch an Xander weiter. »Ich weiß«, sagte der. »Ich bin mal wieder der, der die Zutaten beschaffen muss.« Er wandte sich zum Gehen.

»Also schön, stopp!«, befahl Wesley mit erhobener Stimme und hielt eine Hand hoch. »Ich befehle euch allen, sofort damit aufzuhören!«

Willow und die anderen erstarrten.

»Ich habe hier das Sagen«, verkündete Wesley steif. »Und ich sage auch, dass das alles viel zu schnell passiert. Wir brauchen Zeit, um die Lage in allen Einzelheiten zu analysieren und eine passende und wirksame Strategie zu entwickeln.«

Buffy verließ ihren Platz neben Willow und baute sich vor ihrem so genannten Wächter auf. »Wes, springen Sie auf den Zug oder machen Sie die Gleise frei!«

»Die Box wird bestimmt von übernatürlichen Wächtern bewacht«, wandte Wesley ein. Als keiner etwas erwiderte, schaute er die anderen sehr hochmütig an. »Och, das haben wir einfach vergessen, nicht wahr?«

Buffy schaute Willow an. »Das klingt nach 'nem Job für unsere Wicca. Was meinst du, Will? Supergroße Gefahr.«

Willow grinste über beide Ohren. »Gefährliche Situationen sind mein Hobby.«

Xander legte den Kopf schief. »Seltsamerweise merkt das niemand.«

Buffy ignorierte seinen Einwurf. »An die Arbeit!«

Willow und Giles vertrauten die etwas zerknitterten Pläne Wesley an und eilten mit den anderen hinaus.

Zutaten-Mann, hilf!, dachte Xander, während er seine Besorgungen erledigte. Nur eines fehlte noch –

Vor dem Schaufenster einer exklusiven kleinen Boutique im Zentrum blieb er stehen. War das ... konnte das ... Cordelia sein?

Er sollte besser weitergehen. Immerhin hatte er Besorgungen zu machen, wichtige Dinge zu beschaffen. Er hatte wirklich keine Zeit, mit seiner schlangenzüngigen Ex-Liebsten spitze Bemerkungen auszutauschen.

Xander grinste. Klar hatte er die.

Leise schlich er herein. Cordy war gerade damit beschäftigt, ein aufreizendes schwarzes Glitzerkleid zu bewundern. Während sie es wieder auf die Stange hängte, begann Xander: »Ich habe eine Theorie.«

Cordelia fuhr herum. Einen Moment lang blickte sie sogar ein wenig ängstlich drein. Aber das konnte doch gar nicht sein. Was hatte er an sich, um sie nervös zu machen? Xander ging zum Angriff über. »Na, was war denn das für eine nette kleine

Bemerkung heute Mittag? Schätze, die Trauben kommen dir zu sauer vor, weil sie zu hoch hängen, was?«

Ihre Augen verengten sich böse – das war die Cordelia, die er kannte und liebte – aber sie sagte nichts. »Bist selber nirgendwo angenommen worden, he?«, fuhr Xander fort. »Die Noten waren ja in Ordnung, aber, ach, diese nervtötenden Gespräche.« Er nickte, seiner Sache jetzt ganz sicher. »Nach zehn Minuten mit dir würde jedes Aufnahmegremium entscheiden, dass die Uni genug hinterhältige, oberflächliche Prinzesschen hat.«

Cordelia reckte das Kinn in die Höhe. »Und wieder einmal geht die Goldmedaille der Fehleinschätzung an Xander Ich-bin-so-blöd-wie-ich-aussehe- Harris!«, fauchte sie. Sie holte aus ihrer Handtasche, die auf einem Stuhl lag, einen ganzen Packen Briefe und las einzeln die Absender vor, bevor sie ihm die Schreiben reichte. »Lies und heul, du Esel. Die Uni von Southern California, die Colorado State, die Duke und ... die Columbia.«

»Wow«, machte Xander etwas betreten. »Das sind ja Super-Colleges. Lass mich raten – die haben Zuwendungen von deinem Vater gekriegt?«

Hab ich dich, dachte Xander, als er sie zögern sah. Es war schon ein seltenes Ereignis, wenn Cordelia mal nicht mit einer schnippischen Bemerkung reagierte. Wortlos riss sie ihm die Umschläge aus der Hand und stopfte sie wieder in ihre Tasche. »Hau ab!«, fauchte sie.

»Klar«, gab Xander mit überlegenem Grinsen zurück. »Wenn du mich entschuldigst. Ich muss helfen, Leben zu retten.« Lässig deutete er in den Laden. »Nur weiter so – ich weiß doch, dass du 'n paar ganz wichtige Accessoires finden musst.«

Er drehte sich auf dem Absatz um und marschierte hinaus. Als er seinen letzten Schuss abfeuerte, hatte er bei ihr einen Ausdruck gesehen, den er nicht deuten konnte – sie hatte fast verletzt gewirkt. Aber er hatte Wichtigeres zu tun und keine Zeit, darüber nachzudenken.

Wesley fuhr den schwarzen Van in die Gasse hinter dem Rathaus. Willow stieg hinter Angel aus, der eine komplette Bergsteigerausrüstung mitgebracht hatte. Dann folgte Buffy. Am Beifahrerfenster blieben sie stehen, um zu hören, ob Giles letzte Anweisungen geben wollte.

Aber es gab nicht mehr viel zu sagen. Giles musterte sie über die Thermoskanne hinweg, die er bei solchen Unternehmungen immer mit sich zu führen pflegte. »Also, denkt daran: Wenn irgendwas schief gehen sollte, werden Wesley und ich etwaige Feinde von euch ablenken.«

Wesley beugte sich vor. »Uhrenvergleich«, sagte er bestimmt. »Bei mir ist es genau einundzwanzig vor …« Er brach ab, als alle anderen ihre uhrenlosen Handgelenke hochhielten. »Ja«, sagte er voller Verachtung. »Das hab ich mir gedacht. Typisch!«

Willow grinste spitzbübisch. »Vielleicht sollten wir einfach zählen: Eins-Eins-Tausend, Zwei-Eins-Tausend …«

»Seid vorsichtig!«, mahnte Giles, bevor sie weiterzählen konnte. »Und zwar alle!«

Alle drei nickten und eilten auf die Rückseite des Rathauses zu. Während Angel die Feuerleiter herunterklappte und Willow hinaufhalf, musste sie fast lachen: Ganz leise hatte sie Giles' Stimme aus dem Wagen vernommen, wie er »Einen Tee?« zu Wesley sagte.

Ein ganz normaler Abend im Städtchen Sunnydale …

Oz blickte auf, als Xander mit einer Tasche in die Bibliothek gestürmt kam. »Hast du die Ware?« Vorsichtig rückte er den großen Topf zurecht, den sie als Kessel für den Zerstörungszauber benutzen wollten.

»Ja«, erwiderte Xander. Er wühlte in der Tasche und förderte mehrere Zutaten in Plastikbeuteln zu Tage. »Krötenextrakt. Zweifach gesegnetes Salbei ...« Als er ein grünliches Pulver hochhielt, schien er nicht mehr so sicher. »Oder vielleicht ist das hier die Kröte?«

Oz betrachtete ihn zweifelnd. »Also, wir sollten lieber auf Nummer Sicher gehen.« Vorsichtig nahm er den Beutel. »Diese Box zu zerstören, ist wahrscheinlich eine ziemlich heikle Angelegenheit.«

Einen Moment sah Xander leicht enttäuscht aus. »Dann hätten sie es nicht in die Hände von Laien geben sollen.«

Oz machte Xander ein Zeichen, ihm zu folgen. »Will hat schon umfassende Vorbereitungen getroffen.«

»Wow, sie hat ja sogar Diagramme gezeichnet«, lobte Xander, während er das rosafarbene Blatt studierte, das Oz ihm unter die Nase hielt. »Da ist der Sockel.«

»Und wir sind hier. Sieh mal, da bist du, und das bin ich.«

Xander beäugte die Zeichnung. »Woher weißt du, wer wer ist? Ich meine, beide sehen für mich wie Strichmännchen aus.«

»Der da bin ich. Siehst du nicht die winzige Gitarre?«

Xander nickte. »Kapiert.«

Oz lächelte verschmitzt, während er die kleinen Männchen betrachtete. »Keine ist wie meine Will.«

»No, Sir«, stimmte Xander zu. »Stimmt.«

Ohne noch ein Wort zu wechseln, begab sich Xander zum Tisch und Oz sich zu dem Kessel, um endlich zu beginnen.

»Okay«, meinte Oz. »Her mit der Kröte!«

Durch eines der verschmierten Oberlichter konnten sie die Box von Gavrock erkennen.

Sie stand mitten auf dem riesigen Konferenztisch, genau unter ihnen. Und sah aus wie ... eine Box eben aussieht. Wer hätte gedacht, dass sie von einem gemeinen kleinen Zauber beschützt wurde, einem ganz unschuldig wirkenden Zauber, der einem aber vermutlich die Hand abreißen würde, wenn man die Box nur anfasste?

Doch Willow kämpfte für das Gute, und sie würde ihn schon abstellen, diesen Zauber!

Angel klappte lautlos das Fenster hoch, während Willow das Buch aufschlug, das Giles ihr gegeben hatte. Ihr zur Seite wartete Buffy auf das Zeichen, um ihr ein Schälchen mit blauem Pulver zu reichen. Sorgfältig streute Willow die Substanz durch das Oberlicht und sah zu, wie sie auf die Box fiel, ohne diese jedoch zu berühren. Das Pulver blieb in der Luft hängen.

Willow sagte den Zauberspruch zuerst auf Latein: *»Sis modo dissolutum exposco, valide scutum! Diutius nec defend a manibus ocroam, intende!«*, dann auch auf Englisch: *»Löse dich auf, o machtvoller Schild, ich befehle es! Schütze nicht länger die Box vor unseren Händen. Höre uns!«*

Kaum war das letzte Wort ihren Lippen entschlüpft, als die Puderschicht plötzlich Funken sprühte und mit einem leisen *Puff!* auf den Deckel der Box fiel. Jetzt war der Schutzschild verschwunden.

Willow grinste äußerst zufrieden. »Oh, ja«, gluckste sie. »Ich bin durch und durch verdorben.«

»Vier Sterne, Will«, sagte Buffy anerkennend. Doch dann wurde sie ernst. »Nun aber fort mit dir!«

»Bin schon weg«, meinte Willow gehorsam und eilte zur Feuerleiter. Als sie über die Dachkante kroch, sah sie, wie Angel Buffy in den engen Gurt einschnürte, und sandte ein Gebet an die Mächte des Guten ...

Okay, dachte Buffy, als Angel sie langsam in den Konferenzsaal hinunterließ. Ich kann das und brauch dazu nicht die Titelmelodie von *Mission Impossible* zu hören.

Und doch hörte sie sie. Wahrscheinlich hatte irgendeine flapsige Bemerkung, die sie gemacht hatte, als sie in den Gurt stieg, das ausgelöst – dem armen Angel ging es vermutlich nicht anders. Sie glitt tiefer und tiefer …

Kurz bevor ihre Füße die Tischplatte berührten, ließ sie sich nach vorn fallen und packte die Griffe auf beiden Seiten der Box. Dann mal nix wie los.

Sie hob das Ding an – und eine Alarmsirene schallte durch das Gebäude.

Hatte sie je daran gezweifelt?

»Hab sie!«, schrie Buffy über die Schulter. Angel reagierte sofort und kurbelte die Seilwinde in umgekehrter Richtung. Nach ungefähr acht Zentimetern stockte die Bewegung.

Okay, das wurde allmählich ungemütlich. »Angel?«

»Sie hängt fest«, gab er mit zusammengebissenen Zähnen zurück. Als Nächstes hörte Buffy das Geräusch rennender Füße, das lauter und lauter wurde. Waren die Türen des Konferenzsaales abgeschlossen? Das konnte sie nur hoffen.

»Ich würd jetzt wirklich gern hochgezogen werden!«, schrie sie nach oben. Aber nichts geschah … Wie sie da so in der Luft baumelte, kam sie sich vor wie ein menschlicher Marshmallow, hingehängt für naschhafte Vampire. Hinter den verschlossenen Türen hörte sie deutlich Schlüsselgeklapper, dann klickte es im Schloss. »Angel?«

»Ich weiß!«, schrie er verzweifelt zurück.

Die Türen des Saales flogen auf, und zwei Vampire stürzten herein. Schlitternd kamen sie zum Stehen und starrten verblüfft auf die Jägerin, die auf halber Höhe vor ihnen in der Luft baumelte.

Buffy warf ihnen ein klägliches Lächeln zu, hielt aber die

Box fest. »Schätze, ihr wollt mir nicht beim Runterkommen helfen?«

Ein Knurren war die Antwort.

»Hab ich mir doch gedacht!«

Als sie angriffen, war Angel bereits da und versetzte dem Ersten einen Tritt, der ihn zu Boden schleuderte. Dann warf Buffy Angel die Box zu und drehte sich, bis sie aufrecht im Gurt saß und sich von dem Ding befreien konnte.

Inzwischen holte Angel mit der Box aus und ließ sie mit einem kräftigen Knirschen auf den Fuß seines Angreifers fallen. Während Buffy einen der Vampire mit einem kräftigen Tritt niederschlug, schleuderte Angel den zweiten Blutsauger quer durch den Saal. Es hagelte Schläge und Tritte, und die beiden steckten so viel ein, wie sie austeilten. Irgendwann warf eine der Kreaturen einen Stuhl nach Angel, der ihn jedoch geschickt auffing und dem Angreifer auf den Kopf schlug. Zwischen den Hieben warfen Buffy und Angel die Box hin und her, damit sie auf keinen Fall in die falschen Hände geriet. Während Buffy einen der Vampire auf die Rückwand zutrieb, schleuderte Angel einen anderen über den riesigen runden Tisch. Endlich, die Box war fest unter Angels Arm geklemmt, konnten Buffy und er den schweren Tisch nach vorne kippen und so den Rückzug vorbereiten.

Sie hatten zwei Korridorbiegungen Vorsprung, als sie durch den Vordereingang des Rathauses in die Nacht hinausstürmten. Ein schneller Blick nach links und rechts und sie verschwanden zwischen den Büschen. Sie hofften, dass Giles und Wesley aufgepasst hatten, statt über so ungemein wichtige Dinge wie eine Entlassung aus dem Rat der Wächter zu diskutieren.

Und tatsächlich waren die beiden Wächter auf Zack. Als die Vampire aus dem Haupteingang des Rathauses schossen, sahen sie, wie der schwarze Van von der Bordsteinkante losfuhr. Die Vampire jagten hinterher, aber vergebens. Giles und Wesley lachten schallend, während sie ihre Verfolger weit hinter sich ließen.

Erleichtert sahen Buffy und Angel ihnen nach und verdrückten sich dann mit der Box von Gavrock in die Dunkelheit.

»Nun, das ist sehr bedauerlich.« Bürgermeister Wilkins, der äußerlich ganz ruhig erschien, wies mit der Hand auf das, was von seinem einst so ordentlichen Konferenzsaal übrig geblieben war. Alles war zerstört: Vasen, Lampen, Stühle, der Tisch aus Ahorn und sogar das Oberlicht war runtergefallen. »Ich hatte den Raum gerade neu gestalten lassen, Herrgott«, klagte er. »Auf Kosten der Steuerzahler.«

Er beugte sich vor und stellte einen der Stühle auf, dann stützte er sich auf die Lehne. »Und, ach ja – sie haben meine Box!«

»Ja, das stimmt«, Faiths Stimme klang fröhlich. Fast hätte Wilkins den Stuhl nach ihr geworfen, so erschrocken war er. Völlig ungerührt kam Faith hereinmarschiert. »Aber schau'n Sie mal, was wir haben!«

Die finstere Miene des Bürgermeisters verwandelte sich in ein strahlendes Lächeln, als er sah, wie die dunkelhaarige Jägerin jemanden hereinzerrte. Das ist doch ... kann das ...

Aber ja, das war Willow. Die kleine Rothaarige, die ärgerlicherweise so geschickt mit dem Computer umgehen konnte.

Er spürte, wie sein Lächeln zu einem bösartigen Grinsen wurde.

4

»Wie konntet ihr – wie konnte das nur passieren?« Buffy war so außer sich, dass sie fast kreischte.

»Wir dachten, sie wäre bei euch geblieben«, meinte Giles. Weder er noch Wesley vermochten ihr in die Augen zu sehen. Xander war so bestürzt, dass ihm tatsächlich die Worte fehlten, und Oz war so reglos wie ein Standbild.

»Sie müssen sie gefangen haben, nachdem sie die Leiter runtergeklettert war«, meinte Angel. »Buffy, es tut mir so Leid.«

Mit einer Handbewegung schnitt sie ihm das Wort ab. »Hör zu, niemand hat Schuld, okay? Wir müssen jetzt scharf nachdenken und mit der Situation zurechtkommen.« Sie schaute nach Oz – er hatte sich nicht gerührt, stand einfach nur da, stumm und ein wenig drohend. »Oz, ich schwöre dir, ich werde nicht zulassen, dass sie ihr wehtun.«

»Wir gehen wieder zurück«, sagte Xander plötzlich. »Großangriff.«

Giles schüttelte nur den Kopf. »Dann werden sie sie umbringen.«

»Wir nehmen dauernd an, sie hätten es noch nicht getan.« Wesley warf Buffy einen Blick zu.

»Aber nein.« Buffy wanderte ruhelos auf und ab. »Die wissen doch, was Willow uns bedeutet. Sie ist viel zu wertvoll, und außerdem haben wir ...«, sie richtete den Blick auf den langen Tisch, »... die Box.« Ihr Blick wurde hart. »Wir tauschen sie dafür ein.«

»Das können wir nicht«, sagte Wesley sofort.

Buffy überhörte seinen Einwurf und sah Giles an. »Es ist der sicherste Plan und überhaupt die einzige Möglichkeit. Stimmt's?«

»Es könnte durchaus sein –«, begann Giles.

Wesley starrte ihn finster an, während Buffy laut nachdachte: »Wir rufen den Bürgermeister an und machen ein Treffen aus.«

»Die Box muss zerstört werden«, sagte Wesley hitzig.

»Ich brauch einen Freiwilligen, der Wesley schlagen will«, warf Xander ein.

Der jüngere Wächter blickte Giles Unterstützung heischend an. »Giles, Sie wissen, dass ich Recht habe!«

Buffys Miene blieb hart

»Verdammt, hört mir doch zu!« Wesleys laute Worte ließen alle erstarren.

»Diese Box«, belehrte er sie, »ist der Schlüssel zur Himmelfahrt des Bürgermeisters. Tausende von Leben hängen davon ab, dass wir das Ding loswerden.« Er beruhigte sich etwas. »Ich möchte Willow gern helfen, so wie ihr das wollt, aber wir müssen einen anderen Weg finden.«

»Es gibt keinen anderen Weg!«, presste Buffy zwischen zusammengebissenen Zähnen hervor.

Wesley funkelte sie wütend an. »Du bist doch diejenige, die sagte, wir müssen den Bürgermeister bekämpfen, und du hattest Recht. So hat die Stadt die beste Chance zu überleben.« Er hielt inne. »Und du hast deine beste Chance, hier wegzukommen.«

Buffy riss die Augen auf. »Und Sie glauben, mir geht's darum?« Sie machte einen Schritt auf ihn zu. »Was sind Sie überhaupt für ein Mensch?«

»Also schön«, schaltete sich Giles ein. »Wollen wir das doch mal rational angehen –«

»Ich kann nicht glauben, dass Sie sich auf seine Seite schlagen!«, rief Buffy empört.

»Keiner hat behauptet, dass ich mich auf seine Seite schlage!«, gab Giles hitzig zurück.

Angel versuchte, sich trotz der zunehmenden Lautstärke verständlich zu machen. »Das hilft uns alles nicht –«

Auch Xander musste noch seinen Senf dazugeben: »Ich bin immer noch für die Hau-drauf-Bewegung, falls es jemand interessiert.«

»Wenn ich das nur höre!« Wesleys quäkende Stimme überschrie sie alle. »Ihr würdet Tausende von Menschenleben opfern – was ist mit euren Familien, euren Freunden? So kann es enden! Wir haben die Mittel, diese Box zu zerstören –«

Buffy sah Oz losschlagen – und zwar noch schneller als in seiner Erscheinung als Werwolf. Bevor der Wächter seinen Satz beenden konnte –

KRACH!

– flog der Kessel mit dem *Atem-der-Entropie-Zauber* wirbelnd von seinem Sockel und landete auf dem Boden, wo er in tausend Stücke zerschellte.

Die protestierenden Rufe verklangen, als Oz sich in aller Ruhe umdrehte und Buffy anblickte. Sie sah ihn an und drehte sich dann dem Bibliothekar zu.

»Giles«, sagte sie, »rufen Sie jetzt an!«

Das war nicht gerade der Ort, den Willow sich für einen netten Abend ausgesucht hätte.

Ein kleiner Raum, fast leer, nur ein alter ramponierter Schreibtisch, eine schmutzige Lampe und ein Haufen staubiger alter Aktenkartons waren darin – offenbar war das so eine

Art Abstellkammer für Sachen, die keiner mehr brauchte. Wenn sie nur Zeit hätte, sich einen Fluchtweg zu überlegen ... aber das war ziemlich unwahrscheinlich.

Willow versuchte, das Fenster zu öffnen, doch es war verriegelt, und in die Scheibe war eins dieser Sicherheits-Drahtgitter eingearbeitet – und in den Kartons gab es nichts außer alten Papieren. Vielleicht war im Schreibtisch irgendwas? Willow zog die Schubladen heraus, konnte aber kaum etwas erkennen. Als sie an der Letzten zu heftig zog, rutschte sie heraus und knallte auf den Boden. Super! Wenn sie unbedingt die Aufmerksamkeit auf sich lenken wollte, dann war ihr das ja großartig gelungen! Und alles, was ihr die Mühe eingebracht hatte, waren die typischen Schreibtischutensilien: ein paar alte Aktenklammern, Gummibänder und ein Bleistift. Sie wollte sich eben bücken und das Zeug durchsuchen, als sie hörte, wie die Tür aufgeschlossen wurde.

Oh-oh.

Der Typ, der jetzt die Tür aufstieß, hatte vielleicht als Mensch noch ganz nett ausgesehen – doch in seiner jetzigen Erscheinungsform als Vampir war er Ekel erregend. »Was machst du da?«, verlangte er zu wissen.

»Oh«, machte Willow und versuchte, ihrer Stimme einen unschuldigen Ton zu geben. »Ähmmm, ich ... suche nach Lutschern. Ich krieg immer so einen trockenen Mund, wenn ich nervös bin oder gegen meinen Willen gefangen gehalten werde ...« Sie wich vor dem Vampir zurück. Der leckte sich bereits die Lippen und rückte näher. »Plötzlich fällt mir ein, dass man lieber nicht von Lutschern reden sollte, wenn Vampire in der Nähe sind.«

Der Vampir erwiderte nichts. Stattdessen kam er näher und richtete seinen stechenden Blick auf ihren Hals.

Willow war in Todesangst, aber das half ihr auch nicht weiter. »Hey!«, fuhr sie ihn an und versuchte ihn aus seiner blutgierigen Trance zu schrecken. »Hat man dir überhaupt erlaubt, die Geisel zu essen? Das glaub ich nämlich nicht.« Sie stand nun fast mit dem Rücken an der Wand, zu ihrer Rechten war das nutzlose, mit Draht gesicherte Fenster. »Du wirst echt Schwierigkeiten kriegen, wenn der Bürgermeister –«

Sie vergaß, was sie gerade sagen wollte, als er tatsächlich die Hand ausstreckte und ihren Arm ergriff. »Nein!«

»Nur ein kleiner Schluck«, krächzte die Kreatur. Er beugte sich vor. Willow zog die Schultern so hoch, wie es nur ging, um ihren Hals zu schützen. Als er den Mund öffnete, roch es faulig nach Vampir. Willow versuchte, sich zu konzentrieren –

denke!

denke!

denke!

– dann riss sie die Augen wieder auf und schaute ihm gerade ins Gesicht. Hinter seinem Rücken hob sich der Bleistift aus der Schublade. Zunächst langsam, dann schneller, kam er in die richtige Position und erreichte den nötigen Schwung, um –

– sich mit der Spitze mitten in den Rücken des Vampirs zu bohren.

Dieser starrte sie offenen Mundes an und verpuffte zu einer Staubwolke.

Als er sie losließ, taumelte Willow nach vorn. Sie musste lächeln. Aber jetzt war keine Zeit dafür, sich selbst anerkennend auf die Schulter zu klopfen. Sie musste hier raus, und zwar so schnell wie möglich. Hastig lief sie zur Tür, schaute in beide Richtungen und schlich dann durch den verlassenen Korridor. Zu beiden Seiten lagen Büros, jedes mit einem ordentlichen Namensschild versehen, aber – verdammt noch mal! – sie konnte keines finden, auf dem zufällig *Fluchtweg* stand. Willow versuchte ihr Glück an einer massiven Tür, die wie ein Ausgang aussah, aber sie war abgeschlossen. Als sie die vertraute Stimme von Faith hörte, drückte sie sich in eine Türnische.

»Die sind doch nicht so bescheuert, heute Nacht noch mal herzukommen.«

Vorsichtig um die Ecke spähend, sah Willow Faith und den Bürgermeister aus einem Büro kommen, über dem ein besonders ausgefallenes Namensschild hing: »Bürgermeister Richard Wilkins III.« Wie alte Freunde schritten sie Seite an Seite davon und entfernten sich, ohne Willows Anwesenheit zu bemerken.

»Hast du jemals einen Hund gehabt?«, fragte der Mann Faith.

»Was?«

»Ich ja.« In Willows Ohren klang er wie ein Märchenerzähler. »Ich hatte einen Hund – Rusty. Einen Irish Setter, feines Hündchen. Die Freundschaft eines Hundes ist stärker als seine Vernunft und stärker als sein Selbsterhaltungstrieb.«

Sie bogen um die Ecke, während Willow immer noch lauschte. Sie knirschte mit den Zähnen, als sie die folgenden Worte vernahm. »Buffy ist wie ein Hund«, erklärte Wilkins. Seine Stimme verklang allmählich, als er mit Faith den Weg zum Ausgang nahm. »Und, hey – bevor du dich versiehst, werde ich sie abmurksen wie so 'nen kleinen Köter.«

Ziemlich unwahrscheinlich, dachte Willow, als sie um die Ecke spähte. Jetzt sollte sie wirklich nach einem Fluchtweg suchen, aber ...

Das Büro des Bürgermeisters lockte sie.

Mit klopfendem Herzen schlüpfte Willow durch die offen stehende Tür in das Allerheiligste. Sie machte hinter sich zu und schaute sich um. Es sah nicht viel versprechend aus – ein schicker Schreibtisch, Ledersessel, eine noch schickere Besuchercouch und jede Menge langweiliger goldgerahmter Bilder, die anscheinend irgendwelche Lokalpolitiker darstellten. Das Licht war gedämpft. Vielleicht sollte das bedeuten, dass er für heute Schluss gemacht hatte und sie in der Obhut seines Gefangenenwärters zurücklassen wollte ... was ja im Nachhinein betrachtet wirklich eine ziemlich dämliche Entscheidung gewesen war! Hier gab es nichts als gewöhnlichen, langweiligen Bürgermeisterkram, und vielleicht sollte sie jetzt wirklich verschwinden.

Was war denn das an der Wand gegenüber?

Eine Art eingebauter Wandschrank aus Holz, der vermutlich nichts außer Telefonbüchern enthielt. Und doch – um sicher zu gehen, durchquerte Willow den Raum und machte die Tür auf.

»Boaah«, staunte sie leise.

Der Schrank war voller magischer Gegenstände: Schädel, Schrumpfköpfe und kleine dunkle Kästchen, die wer weiß welchen Krempel enthalten mochten. Knochen gab es im Überfluss: von großen Armknochen bis hin zu kleinen Fingerknöchelchen, die mit Draht zusammengehalten wurden, um die Form einer Hand zu wahren. Da gab es Eisenkelche und Stundengläser, kleine, nicht identifizierbare Dinger, die aussahen wie Pinzetten – vielleicht irgendwelche Folterinstrumente? Und dann, als Willow sich hinkniete, um das unterste, fast leere Bord zu untersuchen, sah sie einen winzigen Hebel auf der Unterseite des darüber liegenden Brettes. Ohne zu zögern, drückte sie dagegen.

An der Rückwand des Regals öffnete sich eine Tür, und Willow erblickte –

»Die Bücher der Himmelfahrt«, flüsterte sie.

Sie warf einen hastigen Blick über die Schulter – waren die Bürotüren immer noch zu? –, dann griff sie nach dem ersten Buch. Bevor sie ging, musste sie schnell noch in dem Buch blättern und nachsehen, ob sie etwas Nützliches fand ...

»Nun schau dir mal den Bücherwurm an!«

Ups.

Wo war denn nur die Zeit geblieben? Willow hatte Seite um Seite durchgeblättert und dabei so viel Information wie möglich zu sammeln versucht: Zaubersprüche, Diagramme, Gebete – einfach alles.

»Faith!«

Die dunkelhaarige Jägerin schüttelte erstaunt den Kopf und kniete sich hin. »Jeder, der auch nur ein bisschen Verstand besitzt, jeder, der weiß, was ihm passieren kann, hätte sich schleunigst aus dem Staub gemacht. Aber du ...« Faith kräuselte verächtlich die Lippen. »Du musst ja immer die fleißige Detektivin spielen.« Sie streckte die Hand aus, klappte das Buch auf Willows Schoß zu und hätte dabei fast noch einen Finger erwischt. »Ich würde mal sagen, jetzt weißt du genug. Man wird dich töten müssen.«

»Faith«, stotterte Willow, als sie wieder auf die Beine kam. »Ich ... ich will mit dir reden.«

Das andere Mädchen setzte eine Miene übertriebener Geduld auf. »Oh, ja – bitte.« Die Miene wurde verächtlich. »Sag's doch: Faith, wir sind immer noch deine Freunde, wir können dir helfen, es ist noch nicht zu spät.«

Doch Willow starrte sie nur an. »Oh, aber es ist viel zu spät.«

Faiths Grinsen verschwand.

»Es hätte nicht so kommen müssen«, fuhr Willow fort, »aber du hast deine Wahl getroffen. Ich weiß, dass du ein schweres Leben hattest. Ich weiß, dass manche Leute glauben, du hättest nie 'ne Chance gehabt.« Faith sah nun etwas besänftigt drein, doch Willow hatte nicht vor, Freundschaft mit diesem Mädchen zu schließen – wenn man einmal das Messer an der Kehle hat, wird das sowieso unmöglich. »Du hattest viel mehr als andere Leute. Ich meine, du hattest Freunde wie Buffy. Jetzt hast du niemanden ... Du warst eine Jägerin! Jetzt bist du ein Nichts.« Sie sah ihr furchtlos in die Augen. »Du bist ein selbstsüchtiger, nutzloser Mensch.«

Einen Augenblick lang hielt Faith inne. Dann schoss ihre Faust nach vorne und traf Willows Kinn. Willow flog rückwärts und krachte zu Boden. Vor ihren Augen flimmerten Sterne.

»Du hast mir wehgetan, jetzt hab ich dir wehgetan«, sagte Faith fast fröhlich. »Nur – bei mir ist es effektiver.«

Willow sah sie benebelt an, während sie unsicher wieder auf die Beine kam. »Oooch, und ich hab schon geglaubt, für dich gäb's kein Comeback.«

Faith versetzte Willow einen Schlag vors Schlüsselbein, der sie erneut taumeln ließ. »Du bettelst ja geradezu darum, dass ich dir richtig wehtue.«

»Ich hab keine Angst vor dir.« Das war eine Lüge. Die Jägerin merkte es bestimmt an Willows kurzem, hastigem Atem.

Faith lächelte böse und griff in ihre Lederjacke. Als sie die Hand wieder hervorzog, kam ein langes, kunstvoll gebogenes Messer zum Vorschein. »Mal sehen, was wir daran ändern können«, flüsterte sie.

Obwohl sie vor Angst fast gelähmt war, reckte Willow das Kinn in die Höhe und sah der anderen in die Augen. Sie würde ihr gewiss nicht die Befriedigung verschaffen, auf die Knie zu fallen und um Gnade zu winseln. Zuerst einmal müsste Faith –

»Mädels?«

Über Faiths Schulter hinweg erspähte Willow den Bürgermeister, der in der Tür stand, die Hände lässig in den Hosentaschen vergraben. »Ich hoffe, ich muss euch nicht auseinander reißen«, meinte er. »Faith, du kannst später mit deinem neuen Spielzeug spielen. Jetzt ist etwas anderes zu tun.«

Faith war zu wütend. Immer noch hielt sie das Messer hoch, die Spitze der Klinge nur einen Hauch von Willows Hals entfernt.

»Faith!«, mahnte Wilkins streng. Widerwillig sah sie zu ihm hinüber. »Du weißt, dass ich mich nicht gern wiederhole.«

Faith funkelte Willow ein letztes Mal wütend an, dann ließ sie das Messer sinken.

Willow holte tief Luft, während Faith hinüberschlenderte und sich auf der Schreibtischkante niederließ. Wilkins ließ sich auf seinen Sessel plumpsen und stützte das Kinn in die Hand. Fröhlich grinsend schaute er Willow an.

»Ich habe gerade einen verteufelt interessanten Anruf erhalten.«

5

»Überall ist abgeschlossen«, hörte Buffy Oz sagen. »Nur der Haupteingang ist offen.«

Sie hatte ihn und Xander losgeschickt, um alle Türen und Fenster der Cafeteria zu überprüfen. Denn dies war der Ort, den sie als Treffpunkt mit Bürgermeister Wilkins vereinbart hatten. Giles, der einen Baseballschläger in der Faust hielt, spähte aus einem der Fenster. An seiner Seite stand Wesley, der sich über das, was geschehen war, nicht gerade erfreut zeigte. Aber das kümmerte Buffy wenig. Er sollte froh sein, dass sie die Box hatten – sie hätte auch liebend gern ihn zum Tausch angeboten.

Xander schauderte und beäugte argwöhnisch die Ecken des riesigen Raumes. »Verschafft mir dieses angenehme Ich-sitz-in-der-Falle-Gefühl.«

»Wenn man nur an einer Stelle herauskommt, können auch die anderen nur an einer Stelle hereinkommen«, gab Buffy zurück.

Dann ging das Licht aus.

Xander fuhr zusammen und blickte automatisch zu den erloschenen Neonröhren auf. »Schätze, sie sind etwas schüchtern.«

Angel, der neben Buffy stand, grinste und blinzelte ein wenig wie eine Katze, die Beute erspäht. »Ich sehe ganz gut.«

Die anderen verharrten still. Alle waren bereit.

Zehn Schritte vor ihr stießen die Gefolgsleute des Bürgermeisters die Türen auf.

Bürgermeister Wilkins trat herein, als wäre er ein König. Faith, die eine Klinge an Willows Hals gepresst hatte, erschien unmittelbar hinter ihm. Buffy und die anderen kamen dem Bürgermeister entgegen. Dann blieben alle gleichzeitig stehen. Willow fand, dass sie wie Figuren auf einem Schachbrett aussahen. Wer würde den ersten Zug machen?

Bürgermeister Wilkins und Buffy traten einen Schritt vor.

Niemand sagte etwas. Dann fing der Bürgermeister an zu lachen. »Also, das ist wirklich aufregend, was?« Er grinste, aber es wirkte keineswegs freundlich. »Geheime Treffen mitten in der Nacht, Austausch von Gefangenen – ich hab das Gefühl, als sollten wir alle Trenchcoats tragen.«

»Lassen Sie Willow gehen!«, sagte Buffy streng.

»Nein«, gab Wilkins kalt zurück. »Nicht, bevor ich die Box in meinen Händen halte.« Er schaute sie aufmerksam an. »Also, du bist das Mädchen, das mir so viele Schwierigkeiten macht.« Er schaute Angel an. »Sie ist wirklich hübsch, Angel. Ein bisschen zu dünn ... Ich verstehe immer noch nicht, wieso es mit dir und meiner Faith nicht geklappt hat.« Im trüben Licht glitzerten seine Augen seltsam. »Schätze, du hast bei Frauen einfach einen etwas merkwürdigen Geschmack.«

Angel zögerte nicht mit der Antwort. »Tja, nun, was soll ich sagen? Ich mag's nun mal, wenn sie nicht verdorben sind.«

Ein nettes Wiedersehen, dachte Willow. Diese Antwort war es wert, auch wenn Faith nun wieder wütend wurde und ihren stählernen Würgegriff noch weiter intensivierte. Sie konnte nicht verhindern, dass ihr ein winziger Schmerzenslaut entschlüpfte – sie hätte sich ohrfeigen können.

»Angel«, hörte sie Oz' leise Warnung.

»Tja«, begann der Bürgermeister in einem widerlich kumpelhaften Ton, »ich wünsch euch Kids alles Gute, ehrlich.

Aber wenn ihr nichts gegen einen kleinen väterlichen Rat einzuwenden habt, dann muss ich euch sagen, dass ich ... für euch beide keine Zukunft sehe.« Er blickte zwischen Buffy und Angel hin und her. »Ich spüre da keine Beziehung, die länger halten wird, und das nicht nur, weil ich euch beide töten will. Vor euch liegt ein dorniger Weg.«

Wenn Buffys Augen Dolche schießen könnten, dann würde der Bürgermeister jetzt aussehen wie eine gespickte Zielscheibe, dachte Willow.

»Ich glaube nicht, dass wir darüber reden müssen.«

Bürgermeister Wilkins zuckte mit den Achseln. »Ihr Kids ... ihr wollt nicht über die Zukunft nachdenken, ihr mögt keine Pläne machen.« Er schaute über die Schulter zurück zu Faith, die Willow noch immer festhielt. »Wenn ihr nicht wollt, dass Faith eure Freundin aufschlitzt wie einen Seebarsch, dann solltet ihr ein wenig Respekt vor der älteren Generation zeigen.«

»Du bist nicht älter«, sagte Angel unbeeindruckt. »Ich hab 'n paar Jahre mehr auf dem Buckel als du.«

Die Augenbrauen des Bürgermeisters fuhren in die Höhe. »Ja, und das ist nur eins der Probleme, mit denen du in Zukunft klarkommen musst.« Er machte eine Handbewegung zu Buffy und setzte eine äußerst betrübte Miene auf. »Du bist unsterblich, sie aber nicht. Das ist nicht leicht. Ich heiratete meine Edna Mae in irgendeinem Jahre Drei, und ich blieb bei ihr bis zum bitteren Ende. Das ist keine besonders nette Vorstellung – sie war voller Falten und verfluchte mich für meine Jugend.« Er schüttelte den Kopf. »War nicht gerade unsere beste Zeit.«

Buffy und Angel starrten ihn nur sprachlos an. Willow erkannte, dass sie trotz ihrer äußerlichen Gelassenheit doch irgendwie betroffen waren. Der Bürgermeister machte ein paar bedächtige Schritte nach vorn. »Und vergessen wir mal die Tatsache, dass jeder Augenblick ungetrübten Glücks dich wieder zu einem Ungeheuer machen wird. Was für ein Leben kannst du ihr denn bieten? Ich glaube nicht, dass es viele Sonntagspicknicks geben wird.« Gedankenverloren fuhr er mit dem Finger an einem der Tische entlang. »Ich sehe vor mir, wie ihr euch in der Nacht herumdrückt, wie du dich vor der Sonne verbirgst – sie ist eine aufblühende Schönheit, und du willst ihr das Leben vorenthalten, bis es an ihr vorbeigeflossen ist?« Er stand nun direkt vor Angel, schaute ihm ins Gesicht. »Meine Güte, ich finde das ziemlich egoistisch. Bist du darum aus der Hölle zurückgekehrt? Ist das dein großes Ziel?«

Er warf Angel einen letzten, verächtlichen Blick zu, dann drehte er sich um und ging an seinen Ausgangsplatz zurück. »Machen wir den Austausch!«

Faith schubste Willow nach vorn, Angel kam ihr mit der Box von Gavrock entgegen. Willow taumelte, als Faith losließ, das Messer wegsteckte und Angel die Box aus der Hand riss. Einen Augenblick standen alle wie benommen da.

»Nun«, sagte der Bürgermeister hämisch. »Das ging ja glatt über die Bühne ...«

Krach!

Alle wirbelten herum und starrten auf die Seitentür, die aufgestoßen wurde. In den Raum schoss Rektor Snyder, gefolgt von zwei Sicherheitswachen. Einer der beiden machte die Tür hinter sich zu und sperrte sie ab, dann sah Willow einen dritten Wachmann durch die Vordertür kommen, die ebenfalls abgeschlossen wurde. Aus dem Augenwinkel verfolgte sie, wie Wilkins sich so schnell wie möglich aus der helleren Zone zurückzog.

»Keiner rührt sich vom Fleck!«, bellte Snyder, als er neben Buffy zum Stehen kam. »Ich wusste doch, dass ihr wieder irgendeinen Blödsinn anstellt!«

»Snyder, machen Sie sich davon!«, befahl Buffy.

Der kleine Mann zog die Mundwinkel herab. »Du gibst hier nicht die Befehle, junge Dame.« Er streckte den Arm aus und riss Faith die Box aus der Hand. Unsicher, was sie jetzt tun sollte, blickte die dunkelhaarige Jägerin zum Bürgermeister, dann wieder auf den Rektor.

»Ich nehme an, ihr wollt mir jetzt weismachen, dass ich in dieser Box keine Drogen finde«, schimpfte Snyder. Er drehte sich um und übergab die Box von Gavrock an einen seiner Wachleute. Faith, der er den Rücken zudrehte, bekam einen stählernen Blick und zog ihr Messer aus dem Hosenbund.

»Warten Sie!«, protestierte Buffy.

Bürgermeister Wilkins trat wieder ins Licht. »Rektor Snyder, ich glaube, wir haben ein Problem.«

Beim Klang von Wilkins' Stimme fuhr der Rektor herum und berührte dabei fast Faiths Messer. Die Augen traten ihm aus dem Kopf. »Herr B-bürgermeister«, stammelte er. »Ich-ich hatte ja keine Ahnung, dass Sie –« Die Augen immer noch auf den schimmernden Stahl gerichtet, wich er langsam zurück. »Es tut mir furchtbar Leid!«

»Ich bin es, der sich entschuldigen sollte«, sagte der Bürgermeister aalglatt. »Ich meine, so spät in der Nacht herzukommen. Was müssen Sie da von mir denken?«

Willow drehte den Kopf und sah, wie der Wachmann, der neben der Box stand, sie voller Neugier betrachtete. Er würde doch nicht –

»Sehen Sie«, fuhr Wilkins fort. »Ich muss nur –« Er brach ab und schaute über Snyders Schulter. »Uh – nein! Tun Sie das nicht!«

Zu spät!

Willow und alle anderen in der Cafeteria sprangen vor Schreck in die Höhe, als etwas Schwarzes, Lederhäutiges und unglaublich Schnelles aus der geöffneten Box herausschoss und sich auf dem Gesicht des allzu neugierigen Wachmannes festklammerte.

Er schrie vor Schmerz auf –

– und brach zusammen.

6

Der Mann krümmte sich auf dem Boden und versuchte, das Ding von seinem Gesicht wegzureißen. Aber es nützte nichts – bevor auch nur jemand daran denken konnte, dem Mann zu helfen, bewegte er sich nicht mehr, und die Kreatur, die einer Spinne verdächtig ähnlich sah, huschte über den Boden in die schützende Dunkelheit.

Sie hatte den größten Teil des Gesichts zerstört.

Einer der anderen Wachmänner würgte hinter vorgehaltener Hand. Wesley stieß heiser ein »Oh ... Gott!« aus.

Xander fuhr herum und versuchte, auf dem Boden irgendetwas zu erkennen. »Wo ist das Vieh hin?«, rief er.

»Öffnet diese Tür!«, befahl Snyder den beiden übrig gebliebenen Wachmännern.

»Nein!«, rief Giles. »Wir dürfen dieses Ding nicht hier rauslassen!« Der Wachmann mit den Schlüsseln überhörte die Warnung und bemühte sich, die Tür aufzuschließen. Aber seine Hand zitterte so sehr, dass er den Schlüsselbund fallen ließ.

»Ich möchte aber trotzdem gern wissen, wohin es geflüchtet ist«, meinte Xander. Er drehte sich im Kreis und hielt den langen Zeigestock schlagbereit in der Hand.

Buffy hob einen ihrer Finger. »Horcht mal«, flüsterte die Jägerin. Wie gebannt starrte sie an die Decke, die anderen folgten ihrem Blick ... aber sie konnten nichts erkennen. Auch der Bürgermeister blickte nach oben –

– und das Spinnenwesen sprang auf sein Gesicht herunter.

»Boss!«, schrie Faith und rannte zu ihm, während er vor Schreck rückwärts umfiel. Ohne zu zögern packte Faith die Kreatur am Rücken, riss sie von seinem Gesicht und warf sie zu Boden. Das Ding drehte sich mehrmals um sich selbst, kam dann wieder auf die Beine und trippelte an Wesley und Giles vorbei ins schützende Dunkel. Beide kletterten sofort auf einen Stuhl, während der Bürgermeister, dessen Gesicht an ungefähr einem Dutzend Stellen durchlöchert war, sich völlig benommen wieder aufsetzte. Willow, die versuchte, das unheimliche Wesen im Auge zu behalten, bemerkte aber auch, wie Snyder den Bürgermeister ungläubig anstarrte: Das Gesicht Seiner Hoheit formte sich neu ... die Wunden verschwanden wieder. Zu behaupten, der Rektor sei nur schockiert gewesen, wäre eine glatte Untertreibung. Willow fiel ein, dass Snyder ja gar nichts von des Bürgermeisters Unverwundbarkeit wissen konnte ... und von allem anderen, was hier passierte, natürlich auch nicht.

Moment mal – war da nicht noch so ein Spinnending, das aus der Box krabbeln wollte? Willow war nicht ganz sicher, aber als der Bürgermeister den ersten Schreck überwunden hatte, heftete auch er den Blick auf die Box. »Ich würde die nicht offen stehen lassen«, sagte er ganz beiläufig.

Buffy fuhr in dem Augenblick herum, als noch eines der Viecher über die Kante krabbeln wollte. Schnell warf sie sich nach vorn und schlug den Deckel zu, wobei sie dem Spinnentier zwei Beine abtrennte. Im gleichen Moment ließ sich dessen vermisster Cousin auf ihren Rücken fallen. Ohne Zögern warf sich Buffy auf den Boden und zerquetschte die Kreatur.

Waren das jetzt alle gewesen – waren sie nun vor weiteren Angriffen sicher? Angel half Buffy hoch und kickte den Spinnenkadaver beiseite, während die anderen ängstlich um sich schauten. Dann sah Willow, wie Faith Wesley ins Visier nahm, zu grinsen begann und aufs Neue ihr Messer zückte.

Wesley sah es auch – in dem Moment, als sie ausholte. »Nein!«, kreischte er und hob abwehrend die Hände.

Der kalte Stahl sauste über seine Schulter hinweg und nagelte das Letzte der Biester hinter ihm an die Wand.

Mit lautem Schlüsselgerassel gelang es dem Wachmann endlich, die Tür aufzuschließen. Er stürzte hinaus, gefolgt von seinem Kollegen und den beiden Vampiren des Bürgermeisters. Eine Weile lang herrschte Schweigen. Dann endlich schaute Oz den Bürgermeister an. »Waren das jetzt alle?«

Wilkins hob vorsichtig die Box auf, dann wandte er sich Buffy zu. »Nicht ganz. Es sind ungefähr fünfzig Milliarden dieser netten kleinen Tierchen hier drin. Möchtet ihr sie sehen?«

Buffy musterte ihn finster und machte einen Schritt auf ihn zu, hielt aber sofort inne, als er den Deckel ein wenig anhob. »Hebe deine Hand, wenn du unverwundbar bist«, drohte er leise. Dann schloss er den Deckel wieder. »Faith, wir gehen.«

Doch die Jägerin zögerte. Willow sah, wie sie nachdenklich ihr Messer betrachtete, das immer noch, durch den Rücken der toten Spinne gebohrt, in der Wand steckte. Zwischen ihr und ihrer Waffe standen so viele Leute, die sie zutiefst verachtete: Willow, Giles, Wesley, Angel. Faith wollte das Messer unbedingt zurückhaben, das konnte Willow deutlich spüren, aber der Gehorsam gegenüber dem Bürgermeister ging vor.

»Faith!«, herrschte Wilkins sie an.

Faith warf einen letzten Blick auf ihr Messer, dann folgte sie ihm hinaus in die Nacht.

Willow holte tief Luft. Auch die anderen mussten sich erst wieder sammeln. Buffy schaute den Rektor an, der sich einen Stuhl genommen hatte und ihn nun als Schild vor sich hielt. Der Mann war reglos wie ein Standbild. »Snyder, leben Sie noch?«

Mit einem Ruck fuhr Snyder aus seiner Erstarrung auf. »Du!«, herrschte er sie an, und dann erfasste sein Blick die übrigen Anwesenden. »Ihr alle ... warum könnt ihr denn nicht mit Drogen dealen wie normale Jugendliche?« Immer noch den Stuhl in den Händen drehte er sich um und stakste hinaus.

Während Oz sie fest in den Armen hielt, sah Willow Buffy mit den Achseln zucken, dann zur Wand gehen und Faiths Messer aus dem Spinnenleichnam ziehen, den sie achtlos zu Boden plumpsen ließ.

»Nun«, meinte Wesley bitter, »das ging ja richtig glatt.«

Buffy jedoch schaute nur auf das Messer, dann zu Willow. Ein leises Lächeln spielte um ihre Lippen, als ihre Blicke sich trafen. »Wir haben es echt gut hingekriegt.«

Und Willow, die Oz' Arm warm um ihre Schultern spürte, erwiderte das Lächeln.

Sie saß mit untergeschlagenen Beinen auf dem großen Tisch in der Bibliothek und war sich bewusst, dass ihre Worte zu schnell hervorsprudelten, um verstanden zu werden. Aber es war wichtig, Buffy die Geschichte ihrer Gefangenschaft zu erzählen. »Faith also: Ich mach dich fertig!, und ich: Ich hab keine Angst vor dir!, und dann hatte sie dieses Messer und es war gar nicht mehr lustig, aber – und dann hab ich ihr gesagt: Du hast deine Wahl getroffen, Buffy war deine Freundin –«

»Ja«, fiel Giles ihr ins Wort. »Das ist alles unheimlich spannend – aber lasst uns doch wieder zur Sache kommen.« Seine Miene zeigte deutlich seine Ungeduld. »Du hattest also tatsächlich diese Bücher der Himmelfahrt in den Händen?«

Willow nickte. »Band Eins bis Fünf.«

Nervös wedelte der Bibliothekar mit der Hand herum. »Erinnerst du dich an irgendetwas, das uns nützlich sein könnte? Erinnerst du dich überhaupt an etwas?« Er schaute sie hoffnungsvoll an.

Willow setzte ihr Vermutlich-nicht-Gesicht auf. »Na ja, ich war in Eile. Und ... und das, was ich gelesen habe, war irgendwie verwirrend. Also, wenn Sie mich fragen – ziemlich schwülstig.«

Giles schaute völlig vernichtet drein. »Oh.«

»Allerdings«, fuhr Willow fort, »gab es ein paar Seiten, die wirklich interessant waren, aber ich hatte keine Zeit, um sie ganz durchzulesen.« Sie ließ eine Sekunde verstreichen, zog dann einen Stoß gefalteter Blätter – ungefähr zehn Seiten – aus ihrer Tasche und reichte sie ihm. »Vielleicht können Sie ja damit was anfangen?«

Giles fiel der Unterkiefer herunter, dann schnappte er hastig die Seiten, warf Wesley einen triumphierenden Blick zu und hastete in sein Büro.

Buffy grinste die Freundin an. »Das ist wirklich dein Abend, Will, du solltest dich öfter gefangen nehmen lassen.«

»Oh, nein, vielen Dank«, lehnte Willow ab.

Wesley stand auf und zog den Krawattenknoten hoch. »Nun, dann lasst uns hoffen, dass in diesen Seiten etwas Nützliches zu finden ist«, sagte er an Buffy gewandt. »Der Bürgermeister hat die Box von Gavrock. So wie es jetzt steht, sind wir wieder ganz am Anfang.« Der Ausdruck seiner Augen war nicht zu deuten. »Findet ihr nicht auch?«

Willow und Buffy konnten ihm nur noch hinterherstarren, als er davonstolzierte.

Epilog

Willow fand Buffy unter ihrem Lieblingsbaum auf dem Rasen der Schule, wo sie gedankenverloren vor sich hinstarrte. »Weit weg?«, erkundigte sie sich, als sie sich neben der Freundin auf den Boden plumpsen ließ.

Buffy lächelte schwach. »Tiefe und bedeutungsvolle Gedanken.«

»Und zwar?«, bohrte Willow.

Buffy rupfte Gras aus. »Und zwar, dass ich wohl nie von hier wegkomme. Ich hab immer gedacht, wenn ich den Bürgermeister daran hindere ... aber da hab ich mir selbst etwas vorgemacht.« Sie sah furchtbar enttäuscht aus. »Und so wird immer wieder etwas anderes kommen. Ich gehöre nun mal nach Sunnydale – hab gar keine andere Wahl.«

»Das muss schon hart sein«, meinte Willow mitfühlend. »Ich meine, ich bin frei, kann alles tun, was ich will – ich kann auf jedes College in den Staaten und auf vier oder fünf Unis in Europa gehen ... wenn ich wollte.«

Buffy sah ein bisschen erstaunt aus. »Jetzt sag bitte nicht, dass du nirgendwo hingehen willst?«

»Genau«, gab Willow zur Antwort. Sie holte den Aufnahmebescheid aus ihrer Tasche und hielt ihn Buffy unter die Nase. »Ich geh nirgendwo hin.«

Verständnislos starrte Buffy auf das Blatt in ihrer Hand. »University of California, Sunnydale?«

»Ich werde mich 2003 immatrikulieren«, sagte Willow stolz.

Buffy klappte der Mund auf. »Meinst du das im Ernst?«

»Ach, sag mal«, meinte Willow lässig, »ist das nicht zufällig auch die Uni, auf die du gehst?«

Die Freundin sprang auf und umarmte sie so heftig, dass beide das Gleichgewicht verloren und ins Gras fielen.

»Ich glaub's einfach nicht!« Plötzlich setzte Buffy sich auf. »Ach, hör mal – was red ich denn da? Du kannst doch gar nicht!«

»Was meinst du damit – ich kann nicht?«

Trotzig schob Buffy das Kinn vor. »Weil ich dich nicht lasse.«

Willow sah sie nur ruhig an. »Von den hier Anwesenden – wer hat da über mich zu bestimmen?«

»Es gibt bessere Colleges«, protestierte Buffy.

Willow lächelte. »Sunnydale ist gar nicht so schlecht. Und außerdem kann ich mir meinen eigenen Stundenplan zusammenbasteln.«

»Okay«, gab Buffy zu. »Es gibt sicherere Schulen – genauso wie es sicherere Gefängnisse gibt. Ich kann nicht zulassen, dass du meinetwegen bleibst.«

Willow verschränkte die Arme vor der Brust. »Also, ehrlich gesagt geht es nicht um dich ... obwohl ich dich gern hab, versteh mich da nicht falsch.« Sie blickte nachdenklich beiseite. »Vor ein paar Tagen, als ich gefangen genommen wurde und Faith gegenübertreten musste ... da wurde mir einiges klar. Ich meine – du bekämpfst das Böse hier jetzt seit drei Jahren, und ich hab dir ein bisschen geholfen, und jetzt sind wir an einem Punkt angelangt, wo wir entscheiden sollen, was wir mit unserer Zukunft anfangen. Und da hab ich begriffen, was ich will – ich will das Böse bekämpfen. Den Menschen helfen.« Sie schaute wieder Buffy an. »Ich meine, ich finde, es ist eine wertvolle Arbeit, und ich glaube auch nicht, dass du sie tust, weil du musst. Es ist der Kampf für das Gute, Buffy, und da will ich mitmachen.«

Buffy schwieg eine Weile, saß nur still da und starrte erstaunt zu Boden. »Ich glaube, irgendwie liebe ich dich«, sagte sie schließlich.

»Außerdem«, fügte Willow hinzu, »möchte ich unbedingt so eine richtig knallharte Wicca werden – und wo könnte ich das besser lernen als hier?«

Buffy dachte kurz darüber nach, dann grinste sie. »Ich brauch jetzt ganz dringend mehr Zucker, als ein Mensch vertragen kann.«

Willow bekam Stielaugen. »Mokka?«

»Ja, bitte!«

Während sie ihre Sachen aufklaubten und sich zum Gehen anschickten, meinte Buffy nachdenklich: »Ist doch verrückt. Du schaust etwas an und denkst, du weißt genau, was du siehst – und dann erfährst du, dass es etwas ganz anderes ist.«

Willow warf ihr einen raschen Blick zu. »Klasse, was?«

Und Buffy erwiderte lächelnd. »Manchmal schon.«

Wieder einmal hielt Cordy das Kleid hoch, ihr Lieblingskleid – es war schwarz und glitzernd, mit einem hohen Schlitz am rechten Oberschenkel. Es würde ihre Figur bestens zur Geltung bringen. Es würde einfach umwerfend aussehen, wenn ich's mir nur leisten könnte, wenn Daddy nur nicht Steuern hinterzogen hätte –

»Chase, was machen Sie da?«

Schuldbewusst blickte sie sich um, als die Geschäftsführerin aus dem Hinterzimmer kam und sie wütend anfunkelte. »Ihre Pause ist seit zehn Minuten vorbei«, fuhr die Frau ungeduldig fort. »Sie müssen immer noch die Regale auffüllen und den Lagerraum putzen. Vorwärts!«

Cordelia nickte gehorsam und hängte das Kleid auf die Stange zurück. Dann hob sie einen Karton vom Boden auf und begab sich ins Lager.

Angels Haut strahlte keine Wärme aus, aber die Tatsache, dass er sie im Arm hielt, spendete ihr innere Wärme, und das war's, was zählte.

Dies war nicht gerade ein Ort, den Pärchen aufsuchten, um ungestört zu bleiben, dennoch kuschelte Buffy sich zufrieden an ihren Liebsten.

Na ja ... mehr oder weniger zufrieden.

»Das wird bestimmt ein Spaß«, sagte sie zu ihm. »Will und ich werden Samstagabend auf den Campus gehen: Ich hoffe, Mom erlaubt, dass ich dort hinziehe – ist viel zu umständlich, jeden Abend nach Hause zu fahren – und außerdem ist es uncool. Wie auch immer, jedenfalls bin ich dann näher bei dir.« Sie schaute ihn lächelnd an. »Ich weiß nicht, was dieser behämmerte Bürgermeister meinte«, sagte sie schließlich. »Wie konnte er überhaupt etwas über uns wissen?«

Angel starrte ins Leere. »Nun ja, er ist eben böse.«

»Und wie«, stimmte Buffy zu. »Er weiß noch nicht mal, was eine dauerhafte Beziehung ist.«

»Stimmt.«

»Vermutlich hatte er die einzige dauerhafte Beziehung in seinem Leben mit dem ... Bösen.«

»Ja.«

»Ein megadummer, fieser Kerl«, sagte Buffy sauer. »Es wird schon werden mit uns.«

»Wird schon«, stimmte Angel zu.

Sie kuschelte sich noch enger an ihn, denn trotz seiner Nähe war ihr kalt.

Und dass er noch besorgter ausschaute als sie selber, half auch nicht viel.

TAGEBUCHEINTRAG:

Entscheidungen sind etwas sehr Schwieriges und manchmal regelrecht gefährlich.

Oft können die kleinsten Entscheidungen ein Leben ändern. Faith zum Beispiel hat sich für die Finsternis entschieden. Oder Buffy und Angel, die beschlossen haben zusammenzubleiben, auch wenn alles sich gegen sie verschworen zu haben scheint. Oder wie bei mir: Ich bleibe letzten Endes in Sunnydale, statt irgendwo anders in einem, wie Buffy meinte, sicheren College ganz neu anzufangen.

Aber irgendwo anders ist eben nicht Sunnydale, und es mag ja sein, dass man Entscheidungen oft in Bruchteilen von Sekunden trifft – aber wenn man ein gut funktionierendes Hirn hat und seine Prioritäten kennt, muss man zugeben, dass hinter den Entscheidungen sehr viel mehr steckt ...

Ja, irgendwo anders könnte ich in Sicherheit leben ... ganz bestimmt sogar. Aber es gibt Dinge in Sunnydale, die getan werden müssen – nämlich der immer während Kampf für das Gute. Und ich will unbedingt Teil dieses Kampfes sein und die Zauberkunst so gut erlernen, wie ich kann – ich glaube, ich werde mich ganz gut machen, und schließlich wird es die Sache wert sein. Ich beherrsche zwar den Umgang mit der Kristallkugel noch nicht so gut ... aber wenn ich hier bleibe, werden mir ja auch noch andere Möglichkeiten offen stehen.

Ja, ich habe das Gefühl, dass noch vieles vor mir liegt, und zwar genau hier, in meiner Heimatstadt.

Vampire, Werwölfe, Monster, Mutanten, Androiden . . .

vgs verlagsgesellschaft, Köln

Buffy – Im Bann der Dämonen

ISBN 3-8025-2699-6

ISBN 3-8025-2700-3

ISBN 3-8025-2715-1

ISBN 3-8025-2749-6

vgs verlagsgesellschaft, Köln

www.vgs.de

Buffy – Im Bann der Dämonen

ISBN 3-8025-2865-4

ISBN 3-8025-2799-2

ISBN 3-8025-2843-3

ISBN 3-8025-2844-1

vgs verlagsgesellschaft, Köln

www.vgs.de

hab ich X

möchte ich haben X